Sandra Schüen · Feuerherzen der Wache 60

Das Leben von Sandra Schüen begann im Jahr 1983. Als Hamburger Deern wuchs sie als jüngere Schwester eines großartigen Bruders im Speckgürtel Hamburgs auf. Sie wollte damals entweder Bilanzbuchhalterin oder Hubschrauberpilotin werden. Im Berufsleben hat sie sich in der Welt der Zahlen, Daten und Fakten im Bankwesen wiedergefunden und engagiert sich seit nunmehr 20 Jahren in der Freiwilligen Feuerwehr. Die Leidenschaft fürs Schreiben entdeckte sie zusammen mit der Leselust an Romanen. Wenn sie nicht gerade am nächsten Band von Feuerherzen schreibt, schwingt sie den Pinsel in der Acrylmalerei. Über 260 Bilder gehören inzwischen in ihre Sammlung und werden gelegentlich lokal als Leihgaben ausgestellt. Ihr Zitat des Lebens: »Langweilig wird mir nie.«

FEUERHERZEN DER WACHE 60

Schwelbrand der Leidenschaft

Geschrieben von Sandra Schüen

Oktober 2021
© 2021 Sandra Schüen
Layout, Satz & Umschlaggestaltung: Die BUCHPROFIS der
Buch&media GmbH, München
Umschlagvorderseite sowie Autorenfoto: unter Verwendung eines Fotos
von Sascha Denecke (www.sascha-digital.de)
Flammen Illustration: Freepik.com
Herstellung und Verlag: BoD – Books on Demand, Norderstedt
Printed in Germany

ISBN: 978-3-7557-0091-3

Mehr Infos unter: www.sandraschueen.de

DANKSAGUNG

Einen großen Dank spreche ich den Kameradinnen und Kameraden meiner Wache aus, die zu jeder Tages- und Nachtzeit da sind und ohne Gegenleistung helfen. Es ist nicht selbstverständlich, dass Ihr das macht.

Ihr seid die Größten!

Ihr seid der Grund, weshalb dieses Buch mit Leben befüllt wird. Ohne Euch wäre es nicht möglich, Euer Engagement festzuhalten. Ich danke meinen Testlesern für die Eindrücke und das vielseitige Feedback. Ihr habt mir dabei geholfen, diese Geschichte zu vervollständigen und ihr Leben einzuhauchen. Die Liebesgeschichte ist reine Fiktion. Dennoch, so oder so ähnlich erleben wir die Zeit in der Freiwilligen Feuerwehr tatsächlich. Vom Leben geschrieben, von der Fantasie beflügelt. Ich wünsche Dir, verehrter Leser, nun viel Spaß und wenn Du Dich inspiriert fühlst: Wir Ehrenamtler suchen immer tatkräftige Unterstützung. Es ist kein Hobby, sondern eine Lebenseinstellung, die, egal in welchem Alter, hilft, für unsere Mitmenschen da zu sein.

PROLOG

»Hör mir jetzt ganz genau zu. Dein Leben hängt davon ab. Es ist sehr wichtig, dass du tust, was ich dir sage.«

Sams Gedanken begannen zu rasen. Tief durchatmend forderte sie sich auf, konzentriert zu bleiben. Um das Mädchen heil hier herauszubekommen, musste sie einen kühlen Kopf bewahren. Für sie stark sein und sie anleiten. Ihr Überleben hatte jetzt Priorität. Die Kleine war noch jung, Sam schätzte sie auf ungefähr sechs Jahre. Das Kind hatte noch so vieles vor sich, wofür es sich zu leben lohnte. Überzeuge sie – schütze sie. Das ist, was zählt.

Das Mädchen sah Sam mit rot verweinten Augen an und klammerte sich Hilfe suchend an der persönlichen Schutzausrüstung ihrer Retterin fest. Sam hockte auf den Knien, bestürzt von der schier ausweglosen Situation und erkundete im dunklen Raum die Lage. Ihre Helmlampe strahlte einen dünnen Lichtkegel durch die dichter werdenden Rauchschwaden, die das Zimmer einzuhüllen begannen. Eine Rauchgasvergiftung drohte. Für das schutzlose Kind ging es langsam, aber sicher ums Ganze.

Sam war bei etlichen Lehrgängen und Diensten auf denkbar unterschiedlichste Konstellationen von Ereignissen vorbereitet worden. Doch ging es in den Simulationen nie um die Entscheidung, sich selbst oder einen anderen Menschen herauszuholen. Immer waren sie als Einsatzkräfte die furchtlosen Retter, brachten die hilflosen Personen aus der Gefahrensituation oder ließen sich selbst bei Übungen im Atemschutznotfalltraining befreien. Dies hier jedoch war völlig neu und anders. Sie hatte keine greifbare Idee, mit der verfahrenen Gegebenheit umzugehen.

Ihr Beschützerinstinkt schrie auf, überwältigte Sam. Er rief aus Leibeskräften: *Rette das Mädchen. Koste es, was es wolle!*

Die Entscheidung war gefallen, sie musste sofort handeln. Es ging um Minuten, nein, Sekunden inzwischen. Eindringende Nebelschwaden trübten die ohnehin schon begrenzte Sicht im Zimmer.

Sam ballte die behandschuhte Hand zur Faust.

Gevatter Tod würde das Kind nicht mitnehmen. Nicht, wenn sie es verhindern konnte.

Noch ein tiefer Atemzug durch die Maske. Diese Luft sollte das Letzte sein, woran sie sich erinnern wollte. Sauber und klar. Wie eine frische Brise – kalt, aber Leben spendend.

Sam schloss die Augen und projizierte im Geiste das Bild eines leeren Parks im Frühling vor ihr inneres Auge. Wie ein erster milder Windhauch durch ihr offenes Haar wehte, Sonnenstrahlen auf ihre Haut fielen und die Natur um sie herum zu neuem Leben erwachte.

Der Moment verstrich, Sam sammelte sich und kehrte zu dem Kind vor ihr zurück. Jetzt war Konzentration auf das Wesentliche das Gebot der Stunde.

»Hast du verstanden, wie wichtig das ist?«

Das Mädchen nickte stumm und sah Sam durch das Glas der Atemschutzmaske tief in die Augen. Mitten in ihr Herz.

Oh verflucht.

Ihre Glieder wurden schwer wie Blei. Die Last der Verantwortung drohte sie zu erdrücken. Ein unsichtbares Band schnürte sich gnadenlos und unaufhaltsam um ihren Brustkorb zusammen.

»Gut. Ich nehme gleich die Schutzmaske ab. Darin ist ganz einfache Luft, wie du sie von draußen kennst. Die wirst du brauchen, damit du den Rauch hier nicht weiter einatmest. Lege dich mit dem Gesicht in Richtung Boden und bedecke den Rand der Maske mit deinem Arm. Ich zeige es dir – so.«

Sam löste sich behutsam aus dem Klammergriff, brachte sich in die Position und kam wieder hoch.

Hoffentlich verstand die Kleine das richtig.

»Drücke die Maske ganz fest an deinen Kopf. Die Luft soll nicht am Gesicht vorbeikommen. Damit hältst du den Rauch weg. Mäuschen, ich werde dich beschützen. Hilfe ist schon unterwegs. Wir schaffen das zusammen.«

Ein Stich traf Sams Herz und ihr Blut donnerte auf Hochtouren durch die Adern.

Sie war sich nicht sicher, ob ihre Kameraden schnell genug hier oben ankamen und sie beide – sie drei – befreiten. Bevor es auch für ihren Truppmann draußen im Flur zu spät war. Hatte er noch genug Atemluft in der Flasche? Sie verbot es sich, ihn erstickend, nur wenige Meter entfernt, liegend zu sehen. Wie lange würde das Gebäude noch stehen? Das Knarzen und Knacken des heißen Stahls um sie herum trieben ihr Schweißperlen auf die Stirn. Die Stabilität des Gebäudes war inzwischen fragwürdig bis bedenklich. Und wie weit waren ihre Kameraden mit der Brandbekämpfung vorangekommen?

Für ihren Geschmack waren deutlich zu viele offene Fragen in dem Gedankengang.

Nicht das Feuer war Sams größte Sorge. Es waren die freigesetzten toxischen Gase vom Brand und der Explosion, die unbekannte Chemikalien enthalten konnten, die sie langsam einschlossen.

»Hast du verstanden, dass du auf keinen Fall die Maske abnimmst?«

Das Mädchen nickte erneut, keinen Ton herausbringend. Leise Schluchzer ließen den kleinen Leib erbeben. Eine Gänsehaut überrollte Sam.

So ein tapferes Kind.

»Gut. Bald siehst du Mama und Papa wohlbehalten wieder.«

Sams Augen brannten.

Nicht weinen!

Es war eine Verzweiflungstat, die hoffentlich in Zukunft andere Kameraden vor so einer Situation bewahrten. Ein Fall für die Geschichtsbücher der tragischen Unfälle im Feuerwehreinsatz. Sie musste an den zuletzt besprochenen Unglücksfall bei ihrer jährlichen Sicherheitsunterweisung denken. In dem war ein Kamerad aus einer anderen Wehr tragisch durch Verkettung unglücklicher Umstände ums Leben gekommen.

Sie blendete die bedrückende Geräuschkulisse um sich herum aus. Ihr Gruppenführer musste über die Lage und ihr Vorhaben informiert werden.

Sie tastete nach ihrem Funkgerät und drückte den »Sprechen«-Knopf.

Zwei Sekunden verstrichen.

Okay, durchatmen und konzentrieren.

»Mayday Mayday Mayday, hier Angriffstrupp Anton, ich befinde mich im zweiten Obergeschoss im hintersten Zimmer auf der linken Seite. Das Kind ist bei mir und wohlauf. Unser Fluchtweg ist abgeschnitten. Der Boden im Flur ist eingebrochen und unpassierbar. Wir haben eine starke Verrauchung im Flur. Das einzige Fenster in unserem Raum ist verschlossen und mit schweren Gittern versehen. Ich kann es nicht öffnen. Mein Truppmann liegt am Boden, ist teilweise verschüttet und bewegt sich nicht. Er befindet sich auf dem Flurstück vor dem eingestürzten Bereich, nahe des Treppenaufgangs. Andere Rettungswege kann ich nicht erkennen. Rauch tritt im Zimmer ein. Ich habe keine Fluchthaube dabei. Ich werde dem Kind gleich meine Maske aufsetzen damit sie geschützt ist, bis ihr kommt. Es sind noch knapp 100 bar in der Flasche.« Sam hielt kurz inne. Hatte sie alle wichtigen Informationen durchgegeben? Sie schloss die Augen und sprach weiter: »Bitte beeilt euch Leute. Das wird hier oben allmählich eine knappe Kiste.«

Sam ließ den Knopf los. Horchte angestrengt. Das Rauschen ihres Blutes wurde ohrenbetäubend.

»Hier Grup***fü**er 48-1, S*m, halte d**ch! Wir sind *uf **m Weg!«

Durch den Digitalfunk kamen die Worte nur in Bruchstücken an. Sam kniff die Augen fester zu, konzentriert auf die abgehackten Worte. Zu dicke Wände schluckten die Funksignale.

Verdammt.

Aus und vorbei – es war das Ende.

Aber hoffentlich nicht für das Mädchen. Sam betete, obwohl sie nicht sonderlich gläubig war, dass das Kind überlebte. Ihr gelebtes und geliebtes Leben für das junge, noch unverbrauchte der kleinen bezaubernden Maus in ihren Armen.

Sam löste behutsam die erneut um sie geschlungenen Arme.

Sie brauchte etwas Platz für die Vorbereitungen. Zuerst flogen die dicken Handschuhe von ihren Händen. Sie entledigte sich ihres Helms und zog die Flammschutzhaube über den Kopf. Noch ein allerletztes Mal tief Luft holen, den Atem anhalten und runter mit der Atemschutzmaske.

Die Bänder aus Gummi zerrten an Sams Haaren. Entfernt nahm sie den Schmerz an ihrer Kopfhaut wahr.

Sie schob dem Mädchen schnell die Maske übers Gesicht. Zurrte sie an den kleinen, blonden Locken stramm und besah prüfend ihr Werk. Tränennasse Wangen, große hellblaue Kulleraugen blickten zu ihr empor.

»Alles wird gut. Indianerehrenwort«, sagte Sam mit der letzten, sauberen Luft in ihren Lungen.

Den Atem anhaltend stülpte sie die Flammschutzhaube über den winzigen Lockenkopf und positionierte das Kind auf dem Boden.

Dann legte Sam sich mit ihrem Körper um den zitternden Leib. Die obere Hand beruhigend über den Rücken des Mädchens streichend. Sam hörte, wie der wertvolle Inhalt der Druckluftflasche an den Rändern herausströmte. Eiseskälte durchlief sie. Die Maske war für dieses kleine Gesicht viel zu groß.

Hoffentlich reichte der Inhalt aus.

Sie hielt weiter den Atem an.

Der sich unaufhörlich ausdehnende Qualm begann sich in Sams Augen zu graben.

Ihre Lunge brannte inzwischen unerbittlich. Sie protestierte gegen den Entzug, brauchte Sauerstoff. Ihr Körper begann mit aller Kraft zu kämpfen, danach zu fordern.

Dann konnte Sam nicht mehr – und atmete ein. Beißende Rauchgase drangen durch Mund und Nase bis tief in die Luftröhre ein.

Verflucht, das war übel.

Sie begann zu husten, was den giftigen Nebel noch schneller in sie hineintrieb.

Verkrampft und stur blieb sie liegen, atmete so flach wie möglich dem Reflex entgegen. Ihre klaren Gedanken verschwammen in einen Rausch. Der Überlebensinstinkt brüllte in ihr auf. Er zerrte an ihrer Entschlusskraft. Bilder, dem Kind die Maske zu entreißen, keimten auf. Der Kampf gegen den Selbsterhaltungstrieb hatte begonnen.

Nein – das durfte sie nicht tun. Halte es aus! Dieses Kind würde hier und heute nicht sterben. Nicht, wenn sie es verhindern konnte.

Dunkelheit legte sich wie ein schwerer, betäubender Schleier über Sam. Ihre Glieder und Sinne wurden taub. Frieden umhüllte sie, ließ ihren Kampfgeist zur Ruhe kommen. Die Schlacht war fast gewonnen. Ihr verkrampfter Körper löste sich und begann schwerelos auf einem schwarzen See zu treiben. Weit weg von allem. Wasser benetzte in sanften Wellen ihren Körper. Sie spürte nichts mehr. Es war vorbei. Sie versank unter die Wasseroberfläche und glitt ins tiefe Nichts hinab.

EINS

Wenige Monate zuvor.

Es war moralisch höchst verwerflich und falsch, ging es Sam durch den Kopf.

Im Bett liegend rieb sie sich verschlafen über die Stirn, strich die schwarzen, schulterlangen Haare aus dem Gesicht und schob die Beine über die Kante. Wieder träumte sie von einem Mann, der nicht neben ihr lag.

Ihr Freund schlummerte seelenruhig auf der anderen Betthälfte. Nicht ahnend, in welchem Konflikt sie mit sich stand.

Ihr Kopf fühlte sich zu schwer für die müden Schultern an. Langsam erhob sie sich von ihrem Nachtlager. Am liebsten hätte sie noch weitergeschlafen. Ein Jahr oder so.

Sam bekam jedes Mal, nachdem sie von IHM geträumt hatte, ein schlechtes Gewissen. Ja, sie konnte schlecht beeinflussen, wovon oder von wem sie im Schlaf Besuch bekam. Dennoch nagte Unbehagen an ihr. Es fühlte sich an, als ob sie ihrem Freund nicht aufrichtig gegenüber war. Sie rieb sich die Wangen und seufzte.

Seit mehreren Jahren waren sie bereits ein Paar. Den Zusatz *glücklich* hatte diese Partnerschaft nicht mehr verdient. Er schottete sich in seinen Angelegenheiten ab, sperrte sie aus seinem täglichen Leben, seiner Gedankenwelt, aus.

Sie waren vor wenigen Jahren in eine wundervolle, großzügige und moderne Wohnung gezogen. Damals war Glücklichsein noch voll im Trend. Er war liebevoll mit ihr umgegangen. Hatte sie mit Worten umgarnt und über seine Gefühle gesprochen, sie mit gemeinsamen Reisen, Events und kostspieligen Geschenken überrascht. Bei Kerzenschein und Wein philosophierten sie über ihr zukünftiges Leben. Sie fühlte sich in seiner Gegenwart pudelwohl und geborgen.

Einige Monate nach ihrem Zusammenzug veränderte sich sein Wesen. Der Zug ihrer vielversprechenden Lebensreise kam ins Stocken. Und geriet auf ein Abstellgleis.

Der Sinneswandel passierte erst schleichend, dann – scheinbar über Nacht – wurde die Weiche von ihm umgestellt und eine unüberwindbare Mauer zwischen ihnen errichtet.

Streitereien über Belanglosigkeiten zogen in ihren Alltag ein. Sam fühlte sich mit jedem Jahr, das verging, fremder in ihrer Haut. Sie spürte ihre innere Uhr, wie sie tickte und sie auslachte. Weil sie die Zeit verrinnen ließ und nichts unternahm, ihrem Ruf nach Erfüllung zu folgen.

Im Laufe der Zeit baute sich in ihrem Inneren ein Widerstand gegen ihren Partner auf. Er hielt sie davon ab, sich an diesen Mann mit dem sehnsüchtig gewünschten Kind zu binden.

Um sie herum im Freundes- und Bekanntenkreis entwickelten sich die Paare weiter. Sie heirateten, bekamen Kinder und bauten sich ihr Leben auf, wie aus den kitschigen Hochglanzzeitschriften, die ein perfektes Leben suggerierten.

Wie sehr sie sich auch ein solches Leben wünschte.

Stattdessen sah sie ihnen dabei zu und betrachtete leidvoll ihren Stillstand, schaute auf das tote Gleis ihrer unerfüllten Träume.

Ihr Leben mutierte zu einem permanenten Schlagabtausch. Sie waren kein Team mehr, sondern Rivalen unter einem Dach. Sam bemühte sich mit Gesprächen zu ihm durchzudringen. Mit ihm Schulter an Schulter gegen den Rest der Welt zu stehen.

Es wollte ihr nicht gelingen, ihn zu überzeugen, dass sie an seiner Seite sein *wollte*. Wenn es sich bei ihren Auseinandersetzungen um das Thema Beziehung drehte, veränderte sich der störrische Blick ihres Freundes in einen abwesenden. Als ob er die Pausentaste im Oberstübchen gedrückt hielt. Sam konnte sich des Gefühls nicht erwehren, dass da ein undefiniert tiefer Abgrund zwischen ihnen aufklaffte. Nicht greifbar oder von ihm benannt, um es aus der Welt zu schaffen. Hatte sie etwas Falsches gesagt oder getan? Sie konnte sich keinen Reim darauf machen, an welchem Punkt sie in ihrer Beziehung auseinandergetrieben waren. Zu oft kauten sie ihre wiederkehrenden Unstimmigkeiten ohne echtes Interesse an Beseitigung mit fadem Geschmack durch. Mit dem Ergebnis, dass nach jedem ihrer Monologe der Brei aus Worten heruntergeschluckt und vergessen wurde. Sie verblassten, im Kosmos des Raumes verklungen. Und wenn sie doch ihr Ziel erreichten, kam das Gesagte im Munde verdreht und gegen Sam gerichtet zurück. Ihre Bemühungen, die Kluft zu überwinden, wurden zu einer Einbahnstraße. Sam stand vor einer Barriere der einseitigen Isolation. Schaute nur noch seinem Leben durch eine Plexiglasscheibe zu. Sie wurde das Gefühl nicht los, er würde alles am Liebsten hinschmeißen, war nur nicht gewillt, sich eine neue Haushälterin zu suchen.

Sam stand vor dem Bett, betrachtete ihren schlafenden Freund, der leise Schnarchgeräusche von sich gab.

War das gerade ein Grunzen? Oh man.

Sie dachte an den Traum, der ihr letzte Nacht unerlaubte Lust und Erregung verschafft hatte. Eine Sehnsucht machte sich in ihr breit. Nach einem anderen Mann.

Einem liebevollen, einfühlsamen Partner. Nach einem, den sie früher in ihrem Freund gesehen hatte.

Auf ein Abenteuer von fremder Haut auf ihrer. Von Lust und dem Reiz des Verbotenen.

Interessant – das war neu.

Und *falsch*.

Die Gedanken eines jeden waren frei von Zensur, das war ihr bewusst. Dennoch war und blieb es falsch für ihre hauseigene Jury, die über Richtig und Falsch urteilte. Sie war ihr mentaler Kompass, eine Goldwaage für moralische Sichtweisen. Ekelhaft zugeknöpft, wie sie inzwischen erkannte. Total verstaubt und nur noch selten in Gebrauch. Unter den Geschworenen waren kaum noch verspielte, für Unfug offene Fraktionen vorhanden.

Wann war sie so ein langweiliger Moralapostel geworden? Sie sollte vielleicht die eine oder andere Besetzung der Entscheider überdenken.

Konnte man Gedanken in einem Eimer ertränken und damit neuen Platz schaffen? Vielleicht sollte sie mit einem imaginären Wischmop einen Frühjahrsputz im Oberstübchen anstreben. Den Anstoß dafür hatte sie bereits erhalten.

Es gab im vergangenen Herbst, kurz vor ihrem letzten, richtig großen Beziehungskrach, ein Ereignis, das Sam seit inzwischen einer Woche gedanklich durchkaute.

Ihr moralischer Kompass kreiste permanent um diesen Augenblick.

Weil sich ihre tugendhaften Grundsätze immer weiter von ihren Wünschen entfernten.

Im Gegensatz zur Realität hatte Sam im Traum immer wieder das getan, wovor sie sich in der Vergangenheit abhielt.

Sie nahm das Angebot an und küsste IHN.

ZWEI

N och vor dem Bett stehend drifteten ihre Gedanken zurück in ihre Erinnerung von damals.

Es war kalt, laute Partymusik dröhnte aus der offenen Seitentür einer angemieteten Event Location. Die Kameraden der lokalen Freiwilligen Feuerwehr feierten ihren kleinen Kameradschaftsabend und Sam war mit ihrem Freund mitten unter ihnen.

Als hochrangiges Mitglied der Führungsriege war es für ihn eine Pflichtveranstaltung.

Es wurde von Sam erwartet – vor allem von ihrem Freund –, dass sie als gutes Vorbild in Vollendung herausgeputzt, mit Anwesenheit glänzte.

Die Kameraden kamen nicht oft dazu, gemeinsam in großer Runde zu feiern. Um die Einsatzbereitschaft gewährleisten zu können, verzichteten einige im Alltäglichen auf den Konsum von Alkohol.

Nun ja, die einen mehr, die anderen weniger, dachte Sam mit einem Schmunzeln.

Und dennoch. Das Ehrenamt war wichtiger Bestandteil ihres Lebens und wurde ernst genommen. So gerne die eingeschworene Gemeinschaft zusammenkam, so wichtig war es ihnen, für die Bürger im Ernstfall da zu sein.

Und es passierte ständig etwas im Ort. Es verging kaum ein Tag ohne die Vibration der Handys oder dem Piepen der Melder.

An dem Abend schwelte Frustration unter Sams Haut.

Kurz bevor sie zu der Feier fuhren, hatte ihr Freund es nicht lassen können und einen unnötigen Streit vom Zaun gebrochen.

Die ganze Vorfreude und positive Stimmung, die sie die letzten Tage mühsam innerlich zusammengekratzt hatte, verpuffte.

Während der gesamten Hinfahrt hatten sie sich im Auto stur angeschwiegen, ihren Fokus starr nach vorne gerichtet. Die dicke Luft zwischen ihnen schien ihm nichts auszumachen, denn er hatte keinen einzigen Anlauf unternommen, sie zu vertreiben.

Keinen. Einzigen.

Als sie am Parkplatz der Location eintrafen, hatte er keine Anstalten unternommen, ihr aus dem Wagen zu helfen. Die Eingangstür zu öffnen, betrachtete er genauso als unnötige Geste. Gute Manieren waren ihr gegenüber abgeschrieben. Komplimente für ihr Aussehen reduzierten sich auch auf ein einsilbiges Minimum.

Sam schnaubte innerlich, rief sich aber zur Ordnung. Denn der Schein sollte ja ein perfektes *Paar wahren. Gezänke in der Öffentlichkeit gab es nicht. Nein. Niemals. Nicht mit diesem Mann an ihrer Seite. Und wenn, dann war es ihre Schuld, ihr zänkisches Wesen. Klar soweit?*

Sam ließ geknickt die Schultern hängen und vergrub ihre Frustration. Sie hatte kein Interesse, die private Schmutzwäsche in Anwesenheit der übrigen Gäste zu thematisieren. Es wurde Zeit, sich dem Grund der jährlich wiederkehrenden, geschlossenen Gesellschaft zu widmen. Die Kameradschaft zu feiern. Und den Lebensgefährten der aktiven Feuerwehrleute zu danken. Dafür, dass sie sie zu jeder Tages- und Nachtzeit von ihrem Zuhause wegließen. Es war keine Selbstverständlichkeit, zu erwarten, dass die Partner, meist Familienväter, von jetzt auf gleich ihren Lieben entrissen wurden, um anderen Menschen zu helfen. Sie sollten für ihr Verständnis und ihre Rücksichtnahme geehrt werden.

Sam und ihr Freund waren beide ein Teil der aktiven Gemeinschaft. Zwar in deutlich unterschiedlichen Rängen, aber jeder für sich trug seit vielen Jahren das Ehrenamt tief im Herzen verwurzelt.

Es wurde um sie herum ausgelassen gefeiert, gegessen, gelacht und getanzt. Und jede Menge Alkohol getrunken.

Heute Abend fühlte sich Sam isoliert. Ihr zugewiesener Tisch stand weit weg von ihrer Mannschaft. Um sie herum saßen ältere Menschen und unterhielten sich über Themen wie die jeweilige Krankheitsgeschichte. Über Sam senkte sich eine unsichtbare Käseglocke und trennte sie von ihren Kameraden ab.

Sie war als Begleiterin ihres Freundes hier, weniger als eigenständiges Mitglied der Feuerwehr. Ein dekoratives, hübsch lächelndes Anhängsel. Eine leere Hülle ihrer selbst. Zu einer Marionette im Schaukasten degradiert.

Gedankenverloren saß sie an seiner Seite und tat so, als würde sie seinen Gesprächen mit den Gästen ringsum zuhören. Ihre Fingerspitzen nestelten an der Serviette, bis sie sich in ihre Bestandteile aufzulösen begann. Das Gefühl, mit ihrem Freund nicht mehr über die wirklich wichtigen Dinge im Leben sprechen zu können, belastete Sam. Sie wusste nicht, welches die richtigen Worte waren, um zu ihm durchzudringen.

Ob überhaupt noch Gefühle für sie existierten? Gab es da noch einen kleinen Winkel in seinem Herzen, in dem sie ihren Namen finden konnte?

Es kam schon ein paar Mal vor, dass sie im Streit die Reißleine ziehen wollte, um die Beziehung zu beenden. Sie hatte ihn schon länger nicht mehr durch die Augen einer verliebten Frau angesehen. Die rosarote Brille lag vergraben in den Untiefen ihres geistigen Fotoalbums aus damaligen, glücklicheren Zeiten.

Das, was sie noch sah, war ein Mann, der sich vor Gefühlen abschottete – vor ihren. Da half weder ein Halligan-Tool, ihr Lieblingsspielzeug für große Feuerwehrfrauen, noch eine Brechstange, um seine harte Schale zu knacken, zu seinem Gedankenkern vorzudringen.

Für ein Beziehungsaus, oder eher eine Zwangspause, fühlte Sam sich innerlich nicht sicher genug aufgestellt. Ihr fehlte die mentale Rüstung, dem standzuhalten, was ihr womöglich blühte. Im Grunde ihres Herzens war Harmonie für sie wichtiger Bestandteil einer funktionierenden

Partnerschaft. Die unausgesprochene Kluft in der Beziehung belastete sie sehr.

Die Pausenglocke des ewigen Ringkampfs sollte läuten, damit sie beide durchatmen, sich auf den Grund des Zusammenseins besinnen konnten.

Sam zog es am Tisch sitzend kalt den Nacken herab.

Es machte sie aufs Neue fertig, weil sie von ihm an den Rand der Erschöpfung gedrängt wurde. Sie bearbeitete ihn mit den letzten emotionalen Kräften und zerbrach an seiner Verbohrtheit im Herzen. Dann erst, wenn sie zu Boden ging und liegen blieb, kamen die Versprechen, dass es nicht mehr passieren würde. Diese Isolation vor ihr.

Sie spürte den nächsten K.O.-Schlag bereits an ihrer depressiven Grundstimmung, ihrem Gewichtsverlust der letzten Tage, resultierend aus mangelndem Appetit.

Und, weil sie ihre Aufmerksamkeit deutlicher ihren nicht unattraktiven Kameraden widmete als ihrem Freund.

Am Arsch, das Maß ist heute Abend voll, und ich werde es auch sein – *dachte Sam verärgert. Sie hatte genug davon, allein dumm herumzusitzen und zu schmollen.*

Sie nutzte die seltene Gelegenheit und begann ordentlich mitzutrinken. Zum Essen gab es Wein. Später kamen ein paar Sektflöten dazu. Im Laufe des Abends wurden Schnäpse an den Tischen verteilt.

Sie stürzte den Alkohol unsittlich die Kehle hinunter. Sehr zum Missfallen ihres Freundes. Aber das war ihr heute Abend egal. Mit jedem Schluck fühlte sie sich wieder mehr wie sie selbst. Ihre Stimmung lockerte sich zusehends.

Irgendwann im späteren Verlauf des Abends fand sie sich am Rande der Tanzfläche wieder. Mit einem Lächeln auf dem Gesicht betrachtete sie neidisch ihre Kameraden, wie sie mit ihren Frauen eng umschlungen und voller Liebe zueinander tanzten.

Paartanz.

Sam seufzte. Wie gerne wäre sie eine von ihnen gewesen. Einfach für einen flüchtigen Moment die Körper tauschen und den magischen Moment genießen.

Der Musik lauschend, wippte sie im Takt mit.

Ihr langes, eng anliegendes, schwarzes Kleid schmiegte sich an ihre hoch aufragende, sportliche Figur. Es schwang schmeichelnd um ihre langen Beine, bereit, auf dem Parkett loszulegen. Doch allein traute sie sich nicht zwischen die Paare. Sie wollte nicht das einsame fünfte Rad am Wagen sein, das vor Mitleid triefte. Ihr Freund tanzte nicht mit ihr. Er war einen guten Kopf kleiner als Sam und hatte keine Freude daran, sich strecken zu müssen, wenn er sie in eine Drehung lenkte. Sam bedauerte diesen Umstand bei jedem, sich selten bietenden Anlass zum Tanz, den er mit ihr vollführte. Sie war immer der Auffassung, auf dem Parkett leicht zum Strahlen gebracht zu werden. Im Grunde war nicht viel Geschick oder Können vonnöten. Es wollte sich mit ihrem Partner jedoch nie diese Stimmung einstellen, dieses Hochgefühl, sich wie eine Prinzessin auf einem Ball zu fühlen.

Sie gewöhnte sich missmutig an, Schuhe mit kleinen Absätzen zu tragen, damit der Größenunterschied nicht so dramatisch auffiel. Ihre Frisur hielt sie elegant mit dezenten Elementen am Hinterkopf zusammengebunden. Bloß keine Hochsteckfrisur. Nichts, was sie unnötig größer erscheinen ließ. Sie vermisste es so sehr, von einem großen Mann geführt zu werden. Sie liebte es zu tanzen – und dabei aufzuschauen.

Jemand tippte ihr von hinten auf die Schulter. Neugierig wandte sie sich um.

»Darf ich?«

Ihr erstaunter Blick verwandelte sich in ein strahlendes Lächeln. Ihr stummer Wunsch wurde erhört.

Ehe sie sichs versah, lag sie in den Armen ihres Tanzpartners. Harmlos und unschuldig. Ein Tanz mit einem Kameraden. Nicht mehr und nicht weniger.

Er wirbelte sie herum, brachte sie zu ihrem berauschten Erstaunen zum Leuchten. Sie schwankten ausgelassen über die Tanzfläche. Er katapultierte sie hoch hinauf in den Himmel der Glückseligkeit.

Lachend und grinsend, bis ihr die Wangen schmerzten.

Ein Stich der Sehnsucht nach mehr davon traf ihr Herz.

Sie konnte nicht fassen, wie scheinbar mühelos es ihm gelang. Sie schwebten über die Tanzfläche, als ob es kein Morgen gäbe.

Ein ums andere Lied. Ein märchenhafter Moment, so, wie es sein sollte.

Irgendwann, viel zu schnell für Sams Geschmack, war der Augenblick verstrichen. Ihr Kopf drehte sich, als die Musik verklang und sie zum Stehen kamen. Ihr Herz raste vor Aufregung, wie nach einem Marathonlauf.

Da waren inzwischen ein paar Schnäpse zu viel am Werk, gestand sie sich ein.

Er sah sie mit leicht zusammengekniffenen Augen an.

»Möchtest du etwas frische Luft schnappen?« Er hielt sie noch in der Armbeuge an sich gedrückt fest. »Um den Schwindel loszuwerden«, fuhr er leiser fort.

Das war eine verdammt gute Idee, dachte Sam. Zumal ihr Freund anderweitig gut unterhalten war, wie sie mit einem Blick in die Tischreihen weiter hinten im Raum feststellte. Er hatte ihr den ganzen Abend über keinerlei Aufmerksamkeit geschenkt. Warum sollte es jetzt anders sein?

Sie verspürte momentan kein gesteigertes Interesse an seiner Gesellschaft.

Was soll's, dachte Sam, und ließ sich von der Tanzfläche führen. Es war schließlich nichts dabei, sich mit ihrem Kameraden draußen zu unterhalten, bis sich ihr Kopf und Herz beruhigten.

Direkt am Seiteneingang standen die Raucher dicht gedrängt und unterhielten sich ausgelassen und lautstark.

Sam kniff leicht die Augen zusammen und schürzte die Lippen.

Er sah ihren Gesichtsausdruck und lotste Sam unauffällig an ihnen vorbei, weiter nach hinten in Richtung Parkplatz.

Sie blieben rückwärtig neben einem hohen Zaunelement außerhalb der Terrasse stehen, der als Sicht- und Lärmschutz des Hinterhofs diente. Von ihrer Position aus konnten sie alles hören, aber niemand konnte sie sehen. Lang gezogene Schatten überlagerten ihren Standort.

Sam konnte nur noch den Lichtkegel der Außenbeleuchtung auf den obersten dunklen Haarspitzen seines Kopfes sehen.

Sie sog die frische Nachtluft ein und entspannte sich. Langsam beruhigte sich ihr wild schlagendes Herz wieder. Auch gewöhnten sich ihre Augen an die Dunkelheit.

Sterne glitzerten weit oben am wolkenlosen Nachthimmel. Sie genoss einen Moment lang die Aussicht.

Um nicht unhöflich zu sein, wandte sie sich ihrem Begleiter zu, bereit, mit ihm ein wenig zu plauschen. Sein Brustkorb bewegte sich sichtlich ruhiger als noch Momente zuvor.

Sie konnte hören, wie seine Atemzüge langsamer und leiser wurden.

Sam stutzte.

Er stand ganz still da und war fokussiert – auf sie.

Er sah sie an.

Zum ersten Mal, wie ihr schien.

Nicht flüchtig, wie eine Kameradin beim Dienst oder im Einsatz, sondern wie eine begehrenswerte Frau.

»Ich würde dich gerne küssen«, erklang seine Stimme leise und hauchzart. Nicht viel lauter als der Windhauch, der durch ihr halb offenes Haar wehte. Die Worte entsprangen einer solchen Intimität, dass sie nur für Sam allein bestimmt sein konnten.

Ihr stockte der Atem.

Wie bitte?

Ein Schauer lief ihren Rücken hinab.

Hoppla, was war das?

Mit diesen Worten – und ihrer Körperreaktion – hatte sie nicht gerechnet. So überhaupt nicht!

Sie waren seit langem Kameraden und er war viel jünger als sie.

Himmel!

Er hatte doch eine Freundin, oder? Und dass Sam nicht alleinstehend war, wusste er definitiv auch.

Es überraschte sie, wie versucht sie zu ihrem eigenen Erstaunen in dem Moment war, seiner Einladung zu folgen.

Da sprach nur die alkoholisierte Gelegenheit aus ihm.

Sam konnte sich nicht vorstellen, dass es anders sein könnte. Ja okay, sie fühlte sich heute Abend schön und ihr Kleid saß einfach nur umwerfend.

Sie fühlte sich attraktiv. Begehrenswert.

Aber von einem liierten *Kameraden?*

Von IHM?

So war das mit frischer Luft schnappen nicht gedacht.

Sam brachte kein einziges Wort zustande, völlig überrumpelt von ihren Gefühlen, von ihm. Ihr Kopf war wie leer gefegt.

Es gab nur noch seine schönen, in der Dunkelheit funkelnden Augen, die sie fixierten. Seine hoch aufragende schlanke Statur, dicht vor ihr verharrend. Nur wenige Zentimeter voneinander getrennt.

Sams Wangen röteten sich, ein Schauer der Erregung durchströmte sie. Der Moment dehnte sich aus. Sie war nicht fähig, sich aus seinem Bann zu lösen.

Was trieb sie hier nur? War das ihr Ernst? Das gehörte sich nicht.

Sie drehte den Kopf in Richtung der feiernden Gesellschaft und schüttelte nach kurzem Zögern leicht den Kopf. Die unerwartete Versuchung war überwältigend, gestand sie sich ein. Aber die unausgesprochene Antwort lautete: nein.

Sie hatte sich vollkommen korrekt verhalten, sinnierte sie, als sie aus der Erinnerung wieder auftauchte. Aus dem Alter von Untreue war sie raus. Sie steckte so viele Jahre in einem Leben, das ihr das wahre Gedankengut auszusprechen versagte. Als Lehre schwor sie sich, nie mehr zu lügen oder einem Partner etwas anzutun, was sie auch selbst nicht an Leid erfahren wollte.

Sie hielt Treue und war weiterhin imstande, sich ohne schlechtes Gewissen im Spiegel zu betrachten.

Da das heikle Thema danach nie zwischen ihnen angesprochen wurde, vermutete Sam mehrere Möglichkeiten für den Grund.

Entweder hatte er es vergessen – dem Rausch des Alkohols sei Dank – oder es war ihm peinlich. Vielleicht hatte er mit einem schlechten Gewissen seiner Freundin gegenüber zu kämpfen?

Oder hatte er vielleicht Angst vor ihrem Freund?

Wie dem auch sei, es wurde so getan, als ob nichts gewesen wäre. Nun, das stimmte im Grunde auch.

Es war nichts passiert. Sie hatten sich unterhalten. Oder wie man das grob formuliert ausdrücken konnte.

Es wurden Gedanken geflüstert, die durchaus einem enthemmten Mundwerk entschlüpft sein konnten, die in der Welt des ausgesprochenen Wortes keine Daseinsberechtigung hatten.

DREI

Heute, knapp ein Jahr später, dachte sie an ihn.

Sie schüttelte ihre Erinnerung ab und kehrte gedanklich zurück in ihr Schlafzimmer, vor ihr Bett. Wo ihre nackten Füße wie angewurzelt verharrten.

Wie wäre wohl ihr Leben seither verlaufen, wenn sie dem Impuls nachgegeben hätte? Sie würde auf jeden Fall wissen, ob er gut küssen konnte. So viel stand fest.

Sam bezweifelte, dass sie ihrem Freund ernsthaft eine Chance gegeben hätte, ihr gemeinsames Leben fortzusetzen.

Denn eines wusste sie mit Gewissheit: War diese Grenze zwischen *wollen* und *machen* übertreten, gab es für sie kein Zurück mehr.

So war es immer in ihrem Leben gelaufen. Nun ja, zumindest, seit sie ihrem goldenen Käfig entkommen war. Der hatte sie um viele Lebensjahre gebracht und ihr viele Erfahrungen mitgegeben. Nur wie weise war sie tatsächlich geworden? Steckte sie nicht aufs Neue in einem vergoldeten Zuhause fest? Nur mit anderen Tapeten?

Sam horchte auf ihre Intuition.

Ein Thema nach dem anderen.

Eines konnte sie jetzt schon mit Bestimmtheit und reinem Gewissen sagen: Für pickeliges Teenagerverhalten war sie zu alt. Diese Spielverderberin namens Integrität hatte sie voll im Griff.

Und das war gut so.

Sie war ein anständiger Mensch mit gesunden Moralvorstellungen, denen sie treu blieb. Diese Tugend warf sie für ein flüchtiges Abenteuer nicht über Bord.

Punkt.

Sie stand immer noch vor dem Bett und wusste nicht, was sie tun oder lassen sollte. Sie war nicht bereit, die Jahre voller Mühen, Tränen und Vernunftgerede für ein Gespenst aufzugeben.

Ach ja, sie und ihr Sinn für nüchterne Realität. Oder waren es in Wirklichkeit Scheuklappen?

Hinter der anständigen Kulisse ihrer korrekten Verhaltensweise war sie eine Frau voller Bedürfnisse und Sehnsüchte. Sie verkümmerte in der Blüte ihrer Jahre, fühlte sich unausgefüllt.

Ihr Liebesleben war okay.

Okay – *Flammende Begierde* sah anders aus.

Sam schnalzte leise mit der Zunge und ließ ihren Blick über seine Bettdecke wandern.

»Sex war in einer Partnerschaft nicht alles«, hingen ihr die Worte eines Verflossenen in den Ohren. Wer eine scheintote Libido hatte, konnte gut reden.

Ach verdammt, es war ihr dennoch wichtig. Sie ärgerte sich, dass in ihrem gemeinsamen Bett solche Flaute herrschte.

Sie verspürte kein Bedürfnis mehr, ihrem Freund nahe zu sein. Auch sonst in ihrem Leben. Die Kluft zwischen ihnen wurde zunehmend größer. Sie lebten sich auseinander.

Vermutlich kamen daher diese Träume zustande.

Unerfüllte Begierde. Die Lust nach einem aufregenden Abenteuer, dem Kick des Neuen. Ein Moment der Leidenschaft und die Realität versanken im Rausch der Wünsche und Sehnsüchte.

Sam schüttelte sich leicht und verließ endlich das Schlafzimmer. Den Kopf in Traumwolken verpackt – so konnte es nicht weitergehen.

Wenn sie nur wüsste, ob er küssen konnte oder ob es bloß zum Schleudergang eines Lappens in der Waschmaschine reichte.

Dieser Gedanke ließ sie einfach nicht los.

Ihre Fantasie machte aus einem Normalsterblichen gut und gerne den Supertraumtypen aus einer sexy Lovestory.

Makellos und perfekt.

Meilenweit entfernt von der Wirklichkeit. So einen Mann gab es nicht. Und wenn doch, war er außerhalb ihrer Reichweite.

Frustration schwappte in ihr auf, sie schloss langsam die Schlafzimmertür hinter sich und schlich auf leisen Sohlen in die Küche.

Koffein, Nikotin. In genau der Reihenfolge. Sofort!

Danach bekam der Tag Starterlaubnis – und ihre Fantasie Sendepause. Nun denn, die Hoffnung starb ja bekanntlich zuletzt.

VIER

E s vergingen zwei Tage.

Sam stürzte sich gedanklich in ihren Alltag, vollauf konzentriert, das Gesicht – seins – aus dem Kopf zu bekommen.

Mit mäßigem Erfolg, wie sie sich eingestehen musste.

Kaum war sie nach einem zur Abwechslung mal kurzen Arbeitstag zur Haustür reingeschneit, wurde sie von ihrem Melder aus den Gedanken gerissen.

Einsatz.

Sie las die kurze Nachricht mit Einsatzstichwort und Adresse.

Türöffnung.

Sie atmete einmal tief aus, machte auf dem Absatz kehrt und entriegelte mit der Fernbedienung ihren Wagen.

Sie wohnte so dicht an der Wache, dass sie in Ruhe anfahren konnte und dennoch das erste Einsatzfahrzeug erwischte. Das Hilfeleistungslöschfahrzeug, kurz HLF. Meistens bestand die HLF-Besatzung tagsüber aus den üblichen Verdächtigen. Nämlich aus den Kameraden, die am dichtesten an der Wache wohnten und in Coronazeiten im Homeoffice arbeiteten.

Er war einer von ihnen.

In den späteren Abendstunden sah es hingegen anders aus. Da waren es mehr potenzielle Mitstreiter, die bereitstanden.

Heute Nachmittag war ihr Auto das zweite auf dem Hof.

Sam hatte vor Kurzem erst die jährliche Belastungsstrecke durchlaufen und war damit gültige Pressluftatmer-, also PA-Trägerin.

In der aktuellen Lage, mit dem um die Welt laufenden Virus, gehörte sie somit zu den privilegierten Atemschutzgeräteträgern, die aufs erste Einsatzfahrzeug durften.

Um Ansteckungen in der Mannschaft zu vermeiden, wurde angeordnet, dass nur vier PA-Träger das HLF besetzen durften.

Sam war eine von ihnen.

Noch bevor sie im Wachhaus durch die Tür treten würde, wusste sie es. Sie sprang aus ihrem Auto, kaum dass sie in der Parkbucht zum Stillstand kam, und lief zur Hintertür des Gerätehauses.

Im Augenwinkel sah sie das nächste Auto anrasen. Die Jungs waren ordentlich auf Zack, wenn es nötig war.

Sie desinfizierte ihre Hände am Ständer hinter der Tür und lief zu ihrem Haken mit der Einsatzschutzbekleidung. Schnell umziehen, Helm und Haltegurt schnappen und ab dafür.

An der Tür zur Fahrzeughalle griff sie in den bereitstehenden Behälter für Einwegmasken, die zu tragen Pflicht war.

Kaum stand sie hinter dem HLF, kam das Objekt ihrer Begierde um die Ecke aus der Garderobe geschossen.

Die Jacke noch halb auf der Schulter, mit zerzaustem Haar und einem Helm in der Hand.

Na? Kleines Nickerchen auf der Couch gehabt?

Ihn sich aus dem Kopf zu schlagen, stellte sich schwieriger heraus als erhofft. Wenn man dem aktuellen Grundstein des unerfüllten Verlangens permanent über den Weg lief, wurde gedankliche Ablenkung zu einer echten Herausforderung.

Erregende Blitze zuckten durch ihr Innerstes und wanderten tiefer.

Sam stöhnte lautlos auf.

Mit etwas Glück würde dieses verflixte Strohfeuer schnell verglühen und am Ende nichts weiter als ein Häufchen Asche sein. Verblasst, als eine kleine Randnotiz im verborgenen Winkel ihres Herzens.

Es war nicht ihr erstes in der Zeit, seit sie mit ihrem Freund liiert war. Lückenbüßer für ihr einsames Herz gab es öfter, als ihr lieb war. Da waren Arbeitskollegen, Bekannte, sogar ehemalige Beziehungspartner, bei denen Sams Gelüste aufbrandeten. Bei jedem ebbte die Fantasie mit der Zeit wieder ab.

Die Chancen standen also gut, dass auch bei ihrem jetzigen Kandidaten kein weiteres Stroh nachgekippt wurde.

Eine Schande für ihre Libido. Einsam und leidgeplagt, wie sie war.

Ihre andere Beziehungshälfte glänzte regelmäßig mit Abwesenheit. Nach der Arbeit war er im Rahmen seines Ehrenamtes ständig in behördlichen Terminen, auf Konferenzen, übers Wochenende zu Schulungszwecken unterwegs oder hatte Meetings zu Uhrzeiten, die wohl jede Normalsterbliche an den Rand der Akzeptanz trieb.

So war das jedoch mit der Feuerwehr.

Die Termine wurden so gelegt, dass diese durch Berufstätige wahrnehmbar waren. Wen interessierten schon die Angehörigen?

In der aktuellen Lage seien sie, laut seiner Aussage, um so wichtiger einzuhalten.

Dafür hatte Sam Verständnis.

Dass es erstaunlich wenig Videokonferenzen waren, verwunderte sie hingegen. Inzwischen wurde doch alles, was nicht zwingend persönlich geklärt werden musste, auf digitale Medien ausgelagert. Kontakte reduzieren war oberstes Gebot der Stunde.

Das böse kleine Teufelchen auf Sams Schulter flüsterte ihr zu, sie solle es genießen, in Wallung zu kommen. Zu Hause gab es nur kalte Resterampe. Genieße die heiße Speise, solange sie serviert wurde. Nimm, was du kriegen kannst, säuselte es mit dunkler, verschwörerischer Stimme weiter. Träumen war erlaubt.

Sam schüttelte sich innerlich, konnte es aber mit seufzendem Blick einfach nicht vermeiden, dem breiten Rücken ihres Kameraden dabei zuzusehen, wie er sich in die Höhe schwang und im Inneren der Fahrzeugkabine verschwand.

Eingehüllt von der Vorstellung, wie er wohl unter der Kleidung aussah.

Da fiel ihr ein: Bei einer Sommerausfahrt hatte sie ihn mal in Badeshorts gesehen. Oh Himmel! Sogar in der Sauna waren sie vor Jahren gemeinsam gewesen. Und sie hatte sich obenrum nicht bedeckt.

Schimpf und Schande.

Oh nein, wie peinlich! Er wusste, wie sie aussah. Ob er sich daran erinnerte? Damals hatte sie sich nichts dabei gedacht. Sie hatte nur Augen für ihren Freund gehabt, mitten in der Honeymoon-Phase. Ihre freizügige Art war noch ein Überbleibsel aus einer früheren Beziehung, wo nackt sein völlig ungeniert vorgelebt wurde. Da gab es keine Tabus oder unangenehmen Gefühle, sich dem Anderen zu zeigen, wie die Natur einen erschaffen hatte. Natürlich nur in trauter Zweisamkeit oder bei ausgiebigen Saunaabenden.

Mit ihrem aktuellen Freund war das nicht so zwanglos.

Er war strikt konservativ unterwegs. Im Denken und Handeln. Ein Leben im sittlichen Standardformat. Mit hoch geschlossener Bluse und bedeckten Waden. Ohne auch nur dem Hauch von Spielereien im Bett. Wie Sam das vermisste, ein klein wenig unanständig zu sein. Nun gut. Wie man sich bettet, so liegt man, dachte sie zähneknirschend. Es war ihr selbst gewähltes Schicksal.

Sams Gedanken wanderten zurück zum Badetag. Sie konnte sich noch vage daran erinnern, dass sie ihn mit freiem Oberkörper gesehen hatte. Sie waren sogar zur gleichen Zeit im Wasser. Zu dumm, dass der Ausflug vor dem Abend stattgefunden hatte, an dem er auf ihrem Radar aufblinkte.

Reiß dich zusammen. Diese Gedanken gehören sich nicht.

Rumms – ihr innerer Richter hatte gesprochen.

Sam prallte wieder im Jetzt auf. Nur einen Wimpernschlag später schwang sie sich auf ihren Platz im HLF. Sie konzentrierte sich ab sofort auf das Geschehen im Innern der Kabine und auf diesen Einsatz.

Details zur Lage wurden bei der Einsatzleitzentrale über Funk abgefragt.

Die Türen knallten, das HLF setzte sich in Bewegung und Sam schaltete in ihren üblichen Modus der funktionierenden Feuerwehrfrau.

Dass ihr Körper bei einem Einsatz Adrenalin ausschüttete, war schon länger her. Dieser Ausstoß geschah zumeist nur noch, wenn Menschenleben – bestätigt – in Gefahr waren.

Bei dem ganzen anderen Mist schlug nicht mal mehr ihr Puls höher. Es hatte auch sein Gutes. So blieb sie fokussiert und zielgerichtet bei der Sache. Keine Ablenkung durch Emotionen. Besonnenheit war ein hohes Gut bei Einsatzkräften, wie sie fand. Denn es half niemandem, wenn die Retter kopflos waren.

Der Einsatz verging, die Tür war bereits durch einen Ersatzschlüssel, der bei einem Nachbarn deponiert wurde, geöffnet. Der vermeintlich hilflosen Person ging es gut. Sie war gar nicht zu Hause gewesen. Es war also ein Fehlalarm. Unterm Strich war außer Spesen nichts gewesen, dachte Sam.

Es kam leider oft genug vor, dass nach einer Türöffnung Verwesungsgeruch durch die Tür in den Flur drang. Nicht schön zu riechen. Nach solchen Momenten versuchte Sam diesen später durch angenehm duftende Mahlzeiten zu überdecken. Ihr Körper nahm diese Form der Ablenkung wohlwollend an. Zum Glück. Wehe dem Tag, an dem der Trick nicht mehr funktionieren würde. Darüber würde sich Sam aber erst konkretere Gedanken machen, wenn es so weit wäre.

Sie fuhren zurück zum Stütz. Das eingehängte Atemschutzgerät hinter ihrem Sitzplatz drückte im Rücken, als das HLF auf den Hof fuhr und einen Bogen einschlug. Das Warnsignal ertönte, als der Maschinist den Rückwärtsgang einlegte.

Sam riskierte einen verstohlenen Blick auf IHN. Wollte seine Gesichtszüge mustern, nicht von Fotos, sondern live und in Farbe. Er sah sie im gleichen Moment an.

Mist.

Sie fühlte sich ertappt. Innerlich krümmte sie sich, tat aber so, als ob nichts wäre. Lässig hob sie eine Augenbraue und wandte sich ab. Bloß nichts anmerken lassen. Lenk dich ab!

Ihr stiegen Bilder in den Sinn, wie er wohl aussah und roch, wenn er über ihr läge.

Mist, Mist, Mist!

Ineinander verschlungene Leiber. Verschwitzt und gierig nach noch mehr Körperkontakt. Überall. Sie unterdrückte ein Stöhnen. *Oh man.*

Neuer Filmstoff für die nächste Kopfkinovorstellung. Das Ticket war gezogen. Besuch der Vorstellung: nächste Nacht. Mit ihm in der Hauptrolle.

Sam kniff gequält die Augen zusammen. Die nächste Strohladung landete soeben auf dem Haufen. Mit den überaus NICHT KORREKTEN Gelüsten im Schlepptau.

Für den Bruchteil einer Sekunde glaubte Sam, einen seiner Mundwinkel in die Höhe zucken zu sehen. Mit Blick auf sie gerichtet. Bildete sie sich das gerade ein oder hatte sie ihn zum Lächeln gebracht? Wodurch? Hatte ihre Mimik sie verraten?

ABLENKEN!

Die Gespräche im Mannschaftsraum des HLF drangen an ihre Ohren und holten sie zurück. Gerade zur rechten Zeit. Nachdem sie zum Stillstand gekommen waren, die Tür geöffnet worden war und der Gruppenführer *Absitzen* gerufen hatte, sprang Sam auf und flüchtete, eine Staubwolke hinter sich herziehend. Okay, sie schlenderte so lässig wie möglich, aber gefühlt flog sie förmlich zu ihrem Haken zurück. Umziehen. Noch schnell die Kreuze setzen für *Ausge-*

rückt und *PA-Träger* auf der Anwesenheitsliste des Einsatzes, Hände desinfizieren und raus hier. Geschafft.

Und nun?

So konnte es nicht weitergehen. Es musste sich was ändern. Sie war ganz und gar nicht mehr glücklich mit dem Istzustand. Sollte man nicht nach mehr greifen als nur dem Wunsch nach Gesellschaft? Das Leben versprach so viel mehr. Die breite Palette an Emotionen, guten wie schlechten, wartete förmlich auf sie. Was war ihr wichtiger? Vermeintliche Stabilität mit einem permanent abwesenden Partner oder lieber Aufregung mit einer Mischung aus Ungewissheit und möglicher Einsamkeit. Wobei der letzte Punkt keine großartige Neuerung darstellte.

Himmel noch mal, brachte sie sich zur Räson.

Es waren nur dem Alkohol entsprungene Worte und ein paar Blicke nötig, um sie dermaßen ins Schwanken zu bringen? War das ihr Ernst, so leicht einzuknicken?

Sie hatte einen Freund, der sie liebte. Dachte sie zumindest. Womöglich. Ja, es gab gewaltige Baustellen in ihrer Beziehung, die schon länger Banner mit *Bitte warten* an der Absperrkette baumeln hatten. Sie stritten fast jede Woche und sie kam langsam an den Rand ihrer Selbstbeherrschung.

Die Gründe zusammenzubleiben schmolzen allmählich dahin wie ein Eisberg im Sommer.

Ihr Nervenkostüm war immer deutlicher der Meinung, die Hände aus den Hosentaschen zu ziehen und die Baustellen anzupacken.

Sollte es dabei zum Totalschaden kommen, dann wusste sie zumindest endlich mal, woran sie bei ihm war.

FÜNF

S am konnte nicht leugnen, dass eine gewisse Verlustangst aus ihr sprach. Umzüge waren die reinsten Energiefresser. Sie waren teuer, zeitaufwendig und bedeuteten enormen emotionalen Stress. Der vor dem Umzug würde am schlimmsten sein. Mit dem Alter überlegte man sich gründlicher, was man wollte und was nicht. Und ob man nicht doch einen Weg finden konnte, mit den gegebenen Umständen klarzukommen.

Ein kleiner Funke an Ungehorsam blitzte bei dem Gedanken in ihr auf. War sie ihm gegenüber inzwischen wirklich so gefügig geworden? Spaß am Leben einzutauschen für ein günstigeres Dach über dem Kopf? Denn mehr war es nicht mehr. Darüber musste sie beizeiten ernsthaft nachdenken. Die Jury musste tagen. Bald. Heute war sie aber zu müde für derart tiefgründige Gedankengänge. Ihre Lieblingsausrede.

Seit Jahren inzwischen.

Verdammt.

Enden würde sie als alte Schachtel mit zwanzig Katzen und einer Fünfundvierzig-Quadratmeter-Wohnung mit Balkon. Ohne einen liebenden Partner an ihrer Seite.

Okay – STOP!

Dieser Spirale mit depressivem Richtungspfeil musste sie Einhalt gebieten. Das war nicht Sam. Mut war ihr zweiter Vorname. Sie war ein Stehaufmännchen. Oder hieß es Frauchen? Sie hatte sich damals aus eigener Kraft aus einer Partnerschaft gelöst, die sie in einen fremden Menschen verwandelt hatte. Das Fiese daran war, dass es ein schleichender Prozess gewesen war. Sie hatte es erst gemerkt, als sie Jahre später in den Spiegel sah und sich nicht mehr daran erinnern konnte, wer sie zum Teufel eigentlich war. Die Person, die sie anblickte, sah aus wie sie, roch wie sie, aber handelte nicht wie sie. Ein Schatten ihrer selbst. Die perfekte Schwiegertochter, die perfekte Freundin. Ein fremder Mensch in ihrer Haut. Ein Leben, das nicht mehr ihres war. Fremdgesteuert. Im Autopiloten festgefahren.

Also genau das, was sie jetzt im Spiegel betrachtete.

Oh verdammt.

Sie war auf den gleichen Mist erneut reingefallen. Und merkte es nicht mal. Trauer um ihre kostbarsten, vergeudeten Lebensjahre zogen sie abwärts. Eine Decke aus Leid, schwer wie Blei, erdrückte sie. Tränen stiegen in ihr auf. Das durfte nicht wahr sein. Nicht schon wieder.

In deprimierten Gedanken versunken zog Sam die Schuhe aus, nachdem sie zur Tür ins Haus geschlichen kam. Ihr Freund war noch nicht da. Der Stellplatz seines Wagens war verwaist. Wie so oft machte er Überstunden. Oder war bei wichtigen Meetings. Wenn sie nicht felsenfest davon überzeugt wäre, dass er ihr treu war, hätte sie eine Affäre vermutet. Aber dieser Typ Mann war er nicht. Ausgeschlossen. Auf die Arbeit fokussiert und manchmal abweisend, ja, aber untreu bestimmt nicht. Sie kannte ihn als einen intelligenten und anständigen Mann, der seine Arbeit liebte und in seinem Ehrenamt die Erfüllung fand. Er war, von Kleinigkeiten abgesehen, zufrieden, denn seine Welt war weitestgehend perfekt. Fast genauso, wie er es gerne hätte.

Und was war mit ihr? Genügte es ihr, seinen Traum zu leben? Seinem Wunsch nach Erfüllung zu dienen? Was war mit ihren Wünschen und Träumen passiert? Fühlte sie sich so unwichtig, dass es ihr ausreichte, für ihn da zu sein?

Sam merkte, dass ihr das Leben förmlich ins Gesicht schlug und an ihren Schultern rüttelte. Ein Weckruf ihres Herzens? Aber wie sollte sie aufwachen? Aus diesem Albtraum, der sich Beziehung schimpfte.

Gedankenverloren ging sie in die Küche und schaltete die Kaffeemaschine an. Ihre tägliche Portion von heißem Glück, in schwarzes Gold gegossen.

Vor einem Jahr hatte sie sich selbst zu Weihnachten einen kleinen Kaffeevollautomaten geschenkt. Eine Tradition, die sie vor einigen Jahren, seit sie sich das eine oder andere Quäntchen Luxus leisten konnte, eingeführt hatte. Jedes Jahr beschenkte sie sich selbst zum Geburtstag und zu Weihnachten.

Armselig, das wusste sie nur zu gut.

Es ging ihr nicht um Geschenke oder teure Besitztümer. Nein, viel mehr darum, ihr die eigene Wertschätzung zuteil werden zu lassen, die sie von anderen nicht erwartete. Sie war immer schon eine Selbstversorgerin gewesen, hatte früh gelernt, auf eigenen Beinen zu stehen und niemandem auf der Tasche zu liegen. Das gehörte sich einfach nicht.

Ihr Vater warf ihr als Teenager vor, mitten im Rosenkrieg, eine Materialistin zu sein. Dass ihr Gegenstände wichtiger waren als Menschen und Gefühle anderer. Diesen Vorwurf trug Sam bis heute in ihrem Herzen. Es tat weh, damals wie heute, dermaßen reduziert zu werden. Ja, sie war eine Frau und genoss es, sich selbst mit schönen Dingen zu verwöhnen. Wenn es ihr möglich war. Sie besann sich dabei auf Dinge, die sie wirklich benötigte und die sie in ihrem Leben voranbrachten. Funktionelle Sachen. Eine ordentliche Winterjacke, eine *Smartwatch* mit Gesundheitsdatencheck. Ein vernünftiges Gesichtspflegeset. Ja, ein Funke Eitelkeit ließ grüßen. Dinge, die sie sich erspart und zielgerichtet ausgesucht hatte.

Ihr missfiel der Gedanke, sie wäre nur auf sich selbst fokussiert. Es widerstrebte ihrer Natur, das spürte sie im Grunde ihres Herzens.

Ein alter Freund hatte ihr vor langer Zeit den Rat gegeben, die Perspektive auf Ereignisse und Handlungen anderer Menschen zu verändern. So erlangte man ein anderes Verständnis für etwas, das aus dem eigenen Blickwinkel nicht erkennbar war. Sam war überzeugt, dass dieser Ratschlag ihr Leben und ihr Sein tief verwurzelt veränderte. Verständnis schaffen, wo andere eine unüberwindbare Barriere sahen. Das lag ihr und machte sie innerlich stark.

Oder es führte sie direkt in die nächste Höhle eines Löwen, der ihr Verständnis ausnutzte und sie einsperrte. Stein für Stein schloss sich der Eingang der Höhle. Und der Ehering wäre der Schlussstein, der sie auf ewig zwingen würde zu bleiben.

Sie fragte sich allmählich, ob die Fähigkeit, sich in ihr Gegenüber hineinzuversetzen, genau den Selbstschutz außer Kraft setzen ließ, der für den Selbsterhaltungstrieb verantwortlich war. Sie wusste es nicht.

Erschöpfung breitete sich in ihren Gliedern aus. Sie steigerte sich allzu leicht in Abgründe schrecklicher Szenarien hinein. Sie sogen ihre Energie aus ihr heraus.

Für heute war Schluss damit. Es wurde spät. Zeit, zu Bett zu gehen.

Sam folgte ihrem kleinen Ritual und startete ihr Hörspiel, setzte einen Sleep-Timer und stellte sich den Wecker für den nächsten Arbeitstag. Nach kurzer Zeit war sie eingeschlafen.

SECHS

Sie stand in der Wache. Kam von einem Einsatz zurück und ging zum Waschraum für Damen. Hände säubern und desinfizieren. Die Standardprozedur nach jedem Einsatz.

Sie sah in den Spiegel, konnte darin jedoch niemanden entdecken. Merkwürdig.

Ihre Gedanken wanderten ab und kreisten unaufhörlich um die Frage, ob er noch wusste oder daran dachte, was damals an dem besonderen Abend ausgesprochen worden war.

Sie öffnete die Tür, trat noch immer in Gedanken versunken auf den Flur und prallte im nächsten Augenblick gegen eine Mauer aus Muskeln und Knochen.

Uff.

Der unerwartete Aufprall brachte sie dazu, den Blick aufzurichten. Sie sah an dem breiten Brustkorb hoch und konnte nicht fassen, ausgerechnet ihm buchstäblich in die Arme gelaufen zu sein.

Sie murmelte eine Entschuldigung und wich einen Schritt zurück. Dann stockte sie. Blickte verstohlen links und rechts den Flur entlang, der zwischen der Fahrzeughalle und den Aufenthaltsräumen die Verbindung herstellte.

Außer ihnen befand sich niemand in der Nähe.

Jetzt oder nie ermutigte sie sich.

Sie griff nach seinem Arm, um ihn am Weitergehen zu hindern.

»Ich muss dich was fragen«, flüsterte Sam und sah ihn verschwörerisch an. »Komm mit.«

Ohne seine Antwort abzuwarten, manövrierte sie ihn zurück in den Waschraum und zog die Tür hinter ihnen zu.

Sie waren allein. Nur nicht für lange Zeit, ging ihr auf.

Wie lange konnte es dauern, bis eines der anderen Mädels zum Händewaschen reinkam? Allein der Anblick, sie beide allein in einem Raum, der den Männern nicht zugänglich war, stehen zu sehen, würde für ordentlich Zündstoff in der Gerüchteküche sorgen.

Sam sah sich um und zog ihn mit sich in eine der abschließbaren Duschkabinen. Hier würde sie niemand sehen. Schließlich wollte sie ihm keine Gerüchte anheften oder ihn dem Zorn der Kameraden aussetzen, da jeder nur zu gut wusste, mit wem Sam liiert war.

Sam blickte in der engen Kabine auf und sah in sein erstaunt blickendes Gesicht.

Toller Auftakt für ein Gespräch, dachte Sam.

Impulsive Handlungen waren nicht ihre Stärke, um das zu erreichen, was sie wollte. Sie dachte für gewöhnlich erst strategisch nach, bevor sie das umsetze, was sie sich vornahm. Eine Schachspielerin.

Erst denken, dann handeln.

Demzufolge wusste sie jetzt nicht recht, wie sie anfangen sollte. Spontanität und so. Oh weh.

Ihr wurde warm. Und kalt. Hitze schoss ihr in die Wangen. Sie glühten förmlich. Ihre Fingerspitzen wurden zu Eis am Stiel.

Großartig, Sam.

Sie drückte sich mit dem Rücken an die gegenüberliegende Wand, um ihm möglichst viel Freiraum zu verschaffen. Schließlich war er bei jeder sich bietenden Gelegenheit ihr gegenüber als vollendeter Gentleman aufgetreten. Da konnte sie sich zur Abwechslung revanchieren. Soweit es der Moment zuließ.

Neulich erst, bei einem Einsatz, einem Fehlalarm, bei dem ein Heimrauchmelder ohne ersichtlichen Grund ausgelöst hatte, hatte sich Sam auf einen wackeligen Stuhl gestellt, um das blöde Ding von der Decke abzumontieren.

Er war bei ihr im Raum gewesen. Als sie hochstieg, kam er ihr näher. Als Absturzsicherung, wie er beteuerte. Er würde keine unsittliche Annäherung beabsichtigen, sondern nur aufpassen, dass sie sich nicht verletzte. War das süß von ihm. So aufmerksam.

Sam lag damals förmlich auf den Lippen, zu äußern, dass ihr das auch in dem Fall nichts ausmachen würde, schluckte diesen Kommentar aber geflissentlich hinunter. Sie musste nichts provozieren. Erst recht nicht, wenn Polizisten und andere Kameraden in Hörreichweite standen. Sie dankte ihm für seine Aufmerksamkeit, stieg von dem instabilen Hilfsmittel langsam herunter, seiner Hände an ihrer Seite überaus deutlich bewusst, und war froh, als sie wieder mit beiden Stiefeln den Boden berührte.

Er war immerzu darauf bedacht, sich korrekt zu verhalten. Benahm er sich nur ihr gegenüber so anständig oder war es einfach Teil seines Charakters?

Sam hatte in der Vergangenheit nie darauf geachtet, wie er mit den anderen Frauen aus ihrem Team umging. Wenn es Teil seiner Erziehung war, hatten seine Eltern definitiv etwas richtig gemacht.

Sam schmunzelte versonnen.

Die alte Schule. Davon gab es heutzutage viel zu wenige Männer, die sich noch an derartige Umgangsformen hielten. Ein Trauerspiel. Dem Vormarsch des Feminismus sei Dank. Schöne Bescherung.

Sie dachte fieberhaft nach und kam zu dem Schluss, die direkte Methode wäre die effektivste.

Schüchtern flüsterte sie: »Erinnerst du dich noch daran, was du mir damals bei unserem letzten Kameradschaftsabend sagtest? Draußen, nach unserem Tanz?«

Sam sog unbewusst die Luft ein. Ihr Puls donnerte durch die Adern. Aufregung überflutete ihre Sinne. Sie fühlte sich wie ein Teenager bei ihrer ersten intimen Erfahrung.

Oh verflucht.

Verschwitzte Hände, weiche Knie. Halt bot ihr nur die kalte Wand im Rücken.

Sekunden des Schweigens zogen sich hin, dehnten das Gefühl von Raum und Zeit ins schier Unerträgliche. Die Kabine wurde immer kleiner, sein großer Körper nahm den meisten Platz in ihr ein. Ihr Blick starrte auf die riesige Brust vor sich. Genoss den Moment, die Aussicht, die er ihr bot.

Sam richtete sich auf und stellte den Blickkontakt wieder her, den sie kurz zuvor mit einem Wimpernschlag unterbrochen hatte, um nicht völlig aus der Fassung zu geraten. Dieser Mann brachte sie noch um den Verstand.

Gerade setzte er zu einer Antwort an, seine Lippen leicht geöffnet, als die Tür des Waschraums aufflog. Sie erstarrten simultan in der Bewegung. Kein Laut, kein Zucken, damit sie sich nicht durch das Rascheln ihrer Kleidung verrieten.

Sam schoss Adrenalin in sämtliche Gliedmaßen. *Schon wieder.* Ihr Körper begann, Gefallen daran zu finden. Er hörte einfach nicht mehr damit auf, Impulse auszustoßen. Ihre Nervenenden prickelten. Fingerspitzen blitzten und Hitze erreichte Stellen ihres Körpers, mit denen sie sich lieber nicht intensiver beschäftigten wollte.

Oh Himmel. Was machte sie nur hier – mit ihm? Es war nicht richtig!

Zwei Kameradinnen betraten schwatzend den Raum, unterhielten sich über den Einsatz und stellten das Wasser vom Waschbecken an. Sam konnte hören, wie der Seifenspender betätigt wurde. Klack. Klack. Hände schoben sich unter den Wasserstrahl, der Handtuchhalter surrte. Ihre Stimmen fluteten den Raum, doch Sam bekam von dem Gespräch kaum etwas mit.

Sie starrte in das attraktive Gesicht ihr gegenüber. In seine hypnotisierenden Augen. Sie verlor sich in seinem Blick. So intensiv, so direkt. So nah?

Lautlos, ohne dass es ihr bewusst wurde, kamen sich ihre Gesichter und Körper näher. Nur noch wenige Millimeter trennten sie voneinander.

Sie konnte seinen betörend männlich erdigen Duft riechen, seine beinahe lautlosen Atemzüge strichen ihr über die empfindliche Haut.

So nah.

Sein Atem wurde zu ihrem. Das Herz schlug ihr lauthals in der Brust.

Oh Himmel, sie musste ein Keuchen unterdrücken.

Kurz bevor die Tür von außen ins Schloss fiel, berührten sich ihre Lippen. Der Kontakt war hergestellt.

Ein Schock.

Ihre Sinne explodierten in einem Feuerwerk, brach sich in ihrem Körper Bahn.

Seine Lippen legten sich auf ihre, warm und weich. Flüchtige Berührungen, die in Bruchteilen von Sekunden fester wurden. Er presste sich mit seiner gesamten Fläche an sie, drückte ihren Körper gegen die Wand, verschmolz mit ihr. Zärtlich und fordernd zugleich.

Sam stöhnte auf, öffnete ihre Lippen, um ihm Einlass zu gewähren. Ihre Zungen berührten sich, seine Arme umschlangen sie, rissen sie aus dem Hier und Jetzt und das Universum hörte auf zu existieren. In die unendlichen Abgründe der Lust getrieben gab es nur noch sie allein in der Unendlichkeit.

Laute Vibration auf Holz riss Sam aus dem Schlaf.

Oh. Mein. Gott!

Ihr Herz drohte mit Stillstand. Einsatz.

Stillstand? Davon war im nächsten Moment keine Rede mehr. Geflutet von erregenden Gefühlen dröhnte ihr Herzschlag in den Ohren.

Sie richtete sich kerzengerade auf, warf die Bettdecke zur Seite und sprang aus dem Bett.

Ihr Freund, der sich irgendwann in der Nacht dazugelegt haben musste, gleich neben ihr im Tiefflug durch die Wohnung. Sie schnappten sich Handys, Zigaretten und Haustürschlüssel.

Im nächsten Moment saßen sie in seinem Wagen und rasten zur Wache.

Sam fluchte innerlich. Was war *das* zum Teufel noch mal? Danke, Fantasie, für diese bilderbuchreife Vorstellung!

Sie konnte noch spüren, wie seine Lippen auf ihren lagen. Und wie sein exotischer Geschmack auf ihrer Zunge hing, obwohl sie ihn eigentlich nicht kannte. Unauffällig strich sie sich über die immer noch empfindliche Haut ihrer Unterlippe.

Oh weh.

Ihr geistiger Autopilot schaltete sich ein. Im nächsten bewussten Moment fand sie sich, wie so oft, auf dem HLF wieder. Und wer kam soeben hochgesprungen? Natürlich, wie sollte es auch anders sein? ER.

Kaum hatte er Platz genommen, wanderten ihre Blicke auf seinen Mund. Sie konnte es nicht verhindern – um keinen Preis der Welt. Nicht nach diesem Traum.

Oh verdammt, seine Lippen sahen ganz genauso aus, wie sie es sich vorgestellt hatte. Sam schloss voller Scham die Augen.

Die Realität konnte echt eine Bitch sein.

SIEBEN

N achdem Sam ihre durchgeschwitzten Klamotten ausgezogen und ordentlich zum Durchlüften auf den Haken gehängt hatte, schielte sie auf die Uhr.

Nur zweihundertdreißig Kalorien verbraucht? Das konnte nicht stimmen. Sei es drum. Wichtiger war eine andere Information. Lohnte es sich noch, eine Runde Matratzenhorchdienst zu schieben? Eher nicht. In einer Stunde war ihr Wecker am Start. Würde sie sich jetzt noch mal hinlegen, kam sie den Tag über nicht mehr in die Spur. Ergo, sie hatte Zeit gewonnen zum Kaffeetrinken. Und sich einen Schlachtplan zu entwerfen, wie es mit ihrem Leben weitergehen sollte.

Sie fuhren gemeinsam schweigend zurück in die Wohnung.

Kaum waren sie eingetreten, verschwand ihr Freund im Badezimmer und kehrte mit seiner Kulturtasche und Ersatzkleidung für den Tag zurück. Sie hätte gleich Ruhe vor ihm, da er sofort los zur Arbeit fahren und sich dort fertig machen würde. Ganz das Arbeitstier.

Rumms. Die Haustür fiel ins Schloss.

Okay. Wenn er auch nur einen Bruchteil dieser Arbeitsenergie in sie beide investieren würde, dann säße Sam jetzt nicht vor ihrem geistigen To-do-Zettel. Nun, Zeit genug würde sie vorerst haben. Zumindest so viel, die Ärmel hochzukrempeln und mit den wichtigsten Punkten anzufangen.

Schlimmster anzunehmender Fall: Sie bräuchte einen Schlafplatz, wenn es ganz furchtbar aus dem Ruder lief und er sie umgehend vor die Tür setzte. Zum Glück war sie meist ein sparsamer Mensch und legte für schwierige Zeiten einen Notnagel beiseite.

War ihr Sparkonto dann ihr Werkzeugkasten? Blöder Gedanke, falsche Richtung und nicht zielführend. Zurück zum Punkt.

An dieser Front war sie schon mal aufgestellt. Super.

Hatte sie Taschentücher im Haus? In der Handtasche? Und im Auto? Mit dem Wagen sollte sie, wenn sie total aufgelöst war, besser nicht fahren.

Man konnte zur Abwechslung auch aus Fehlern anderer lernen. Bilder des letzten Verkehrsunfalls tauchten vor ihrem geistigen Auge auf. Nein, der Wagen würde stehen bleiben.

Moment mal, worüber machte sie sich hier überhaupt Gedanken? Über Taschentücher?

War sie gedanklich wirklich schon dabei, ihre sieben Sachen zu packen, noch bevor das Gespräch überhaupt stattgefunden hatte? Wie konnte sie es nur so weit kommen lassen. Umgekehrt. Wie konnte *er* es so weit kommen lassen!

Sie nippte an ihrem frisch aufgebrühten Kaffee und besah sich ihre Notizen, die sie inzwischen zusammengetragen hatte.

Was für Themen wollte sie ansprechen und mit welchen Argumenten konnte sie ihn dazu bewegen, seine wahren Gedanken preiszugeben?

Sie schweifte gedanklich ab. Ihr Kommunikationstrainer bei der Arbeit schulte sie damals, mit offenen Fragen zu beginnen. Keine Entweder-oder-Fragen. Die kamen erst zum Schluss. Hole dir erst so viele Informationen ein, wie du benötigst, um einen Überblick über die Lage zu bekommen. Dann, wenn du weißt, in welche Richtung es geht, langsam aufs Ziel zusteuern. Verbindlicher werden, im finalen Teil auf die gesteckten Ziele eingehen und den Sack zumachen.

Ob sich in dem Sack ihre Sachen befinden werden, dachte sie selbstironisch.

Es dauerte länger als erwartet, bis sie ihren Freund an den Gesprächstisch bringen konnte. Ein wichtiger, einwöchiger Lehrgang kam spontan dazwischen. Urplötzlich, nachdem Sam um einen Abend Zeit mit ihm erbeten hatte.

Alarmglocken schrillten in ihrem Hinterkopf. Was sollte der Mist? Er war doch sonst immer für einen guten Schlagabtausch zu haben. Weshalb kniff er jetzt so offensichtlich? Und wo würde er in Wirklichkeit sein, wenn nicht beim Lehrgang? Sam fühlte sich in ihrem Führungswechsel bestärkt.

Das Ende war nah.

ACHT

Als ob der Ort ahnte, dass Sams Endspiel näher rückte, blieb der Melder stumm. Gespenstische Ruhe kehrte für die nächsten sieben Tage in der Ortschaft ein.

Sam wurde mit jedem Tag, der ohne einen Alarm verstrich, unruhiger. Die Ruhe vor dem Sturm.

Ihr war gar nicht wohl dabei. Bedrückende Funkstille. Sowohl privat mit ihrem Freund als auch an der Einsatzfront. Dieser Atemstillstand brannte ihr förmlich unter den Nägeln.

Sie sah dem Minutenzeiger an der Küchenuhr zu, wie er träge seinen Dienst verrichtete. Tick. Tack. Ihr platzte vor Ungeduld fast der Kragen. Diese Anspannung hielt sie keine Sekunde länger aus. Noch eine endlos lange Stunde bis zum Showdown. Dann würde sie den Schlüssel im Haustürschloss hören und es würde passieren.

Das Herz schlug ihr bis zum Hals. Sie würde ernst machen.

In den letzten Tagen war der Gedanke an einen Neuanfang immer weiter herangereift. Mit einem Paukenschlag würde sie in die Freiheit zurückkehren. Nachdem ihr klar geworden war, dass diese heimliche Schwärmerei zu keiner Veränderung in ihrem Leben führen würde, hatte sie begonnen, sich emotional wieder aufzubauen. Stück für Stück rappelte sie sich aus der Opferrolle auf. Klaubte ihr Selbstwertgefühl zusammen und begann, nach einem neuen Zuhause zu suchen. Sie hatte genug davon, sich klein zu machen, anderen zu gefallen und die eigenen Träume zurückzustecken. Es war genug. Ende der Fahnenstange.

Die erste Zeit nach der Trennung würde es sicher schwer werden, ihren Kameraden unter die Augen zu treten, aber da musste sie um ihretwillen durch.

Hinfallen, aufstehen und Helm richten. Sie hatte früher auf eigenen Beinen gestanden und sie würde es auch in Zukunft schaffen. Rücken durchstrecken und mutig sein.

Oh Himmel. Noch fünfundvierzig Minuten.

Ihr Puls wollte nicht mehr aufhören, ihre Schlagader zum Kampf herauszufordern. Sie vergrub ihr Gesicht in den eiskalten Händen. Schwarze Haare fielen wie ein Trauerschleier in ihr Gesicht.

Gingen die Frauen klischeehaft nicht zum Friseur, wenn sie sich trennten? Eine Typveränderung. Sie musste über den Begriff innerlich schmunzeln. Den Typ ändern. Oder anders ausgedrückt: austauschen?

SEIN Gesicht tauchte vor ihrem geistigen Auge auf.

Oh nein! Das kam nicht infrage, schallte sie sich sofort, nachdem sie das Bild verscheucht hatte. Sie würde einen Mann nicht gegen den nächsten tauschen. Sie war kein Betthäschen, das von einem ins nächste hüpfte.

Das war falsch! Und moralisch höchst verwerflich.

Mist.

Diese Gedanken kamen ihr bekannt vor. Sie stöhnte auf. War sie so ausgehungert, dass sie sich gleich auf den nächsten stürzen wollte, noch ehe das Bett kalt war? Nein. Die Beine blieben zu.

Ihre Libido hatte Hausarrest. So weit kam es noch. Nein.

Noch während des Urteils ertappte sie einen kleinen, schlüpfrigen Gedanken dabei, wie er aus dem Seitenausgang des Gerichtssaals entschwand.

Hab Spaß. Die Jahre der Entbehrung sollen nicht umsonst gewesen sein. Lass es krachen, solange du noch jung und knackig bist. Die Katzen kannst du dir auch noch anschaffen, wenn du anfängst, wie eine runzlige alte Pflaume kurz vor dem Biomüll auszusehen.

Oh Herr im Himmel. Wo waren ihre moralischen und tugendhaften Grundsätze, wenn man sie mal brauchte?

Die Haustür öffnete sich. Und ihr Herz setzte einen Schlag aus.

NEUN

S am atmete tief aus, als sie den Schlüssel mit zittrigen Fingern ins Schloss ihrer Autotür steckte. Sie öffnete die Fahrertür und ließ sich in den Sportsitz fallen. Was für eine Nacht. Ihre Schläfen pochten. Kopfschmerzen erklommen ihren Nacken. Ganz großes Kino.

Ein flüchtiger Blick in den Rückspiegel genügte, um bestätigt zu bekommen, dass sie genauso beschissen aussah, wie sie sich fühlte. Sie blickte auf den Beifahrersitz. Die Tasche mit den Sachen für die nächsten Tage war noch da.

Das passierte gerade wirklich.

Sie schloss die Augen, wund wie sie waren, und atmete noch einmal tief aus. War sie fahrtauglich? Sie war sich nicht sicher. Die Kopfschmerzen wuchsen zu einem ohrenbetäubenden Orchester heran. Schmerztabletten, das wusste sie, lagen griffbereit in ihrer Handtasche gleich neben ihr. Von Wasser oder einer anderen Flüssigkeit zum Runterspülen war jedoch weit und breit keine Spur.

Nur oben.

Nein.

Keine zehn Pferde würden sie wieder bei ihm auf der Matte stehen lassen. Die Blöße gäbe sie sich nicht. Also, ab zur nächsten Tankstelle. Dem einzigen Ort, an dem sie jetzt etwas einkaufen konnte. Lieber zog sie vor einem anonymen Tankstellenwart die Hosen herunter. Sie wäre nicht die Erste mit rot verweinten und aufgequollenen Augen.

Sie tastete nach ihrem Taschentuchpaket und zog sich ein weiteres, weißes Stück Trostpflaster heraus. Ihr neuer bester Freund.

Sie war mit ihren Kräften am Ende. Ihre Finger tasteten blind nach der Nachtfahrbrille, die sie stets im Handschuhfach liegen hatte. Zumindest eine leichte Entspannung für ihre Augen. Ein furchtbar hässliches Teil, im Pilotenbrillen-Design. Was sie sich dabei gedacht hatte. Diese Glasform stand ihr ganz und gar nicht. Aber sie erfüllte mit Bravour ihren Zweck. Blendschutz für das Licht des Gegenverkehrs. Bei Regenwetter konnte sie auch erstaunlich besser daraus sehen.

Unterm Strich war es ein guter Kauf gewesen. Vielleicht lenkte das Ding ja von ihrem sonstigen Erscheinungsbild weit genug ab, dass sie unauffällig, als Randnotiz einer Schicht, in den kleinen Tankstellenshop schleichen konnte und ebenso schnell wieder draußen war, ohne wie ein Häufchen Elend rüberzukommen, als das sie sich fühlte.

Der Motor sprang an und sie setzte sich in Bewegung. Weg von hier. Auf in die Freiheit. Auf ins Ungewisse.

Das Spiel des Lebens begann von Neuem. Sie war so in Gedanken versunken, dass sie den Weg zur Tankstelle nicht bewusst in Erinnerung behielt.

Die ausgesprochenen Worte hallten in ihr wider. Bruchstücke, die sie bis ins Mark erschütterten. Sie von Neuem tief im Herzen trafen. Sie innerlich zerrissen.

Wie konnte er ihr das nur antun? Wie *hatte* er es ihr nur antun können, korrigierte sie sich.

Es war vorbei. Der Albtraum war nun Teil ihrer Geschichte. Es würde einige Zeit brauchen, bis sie sich innerlich wieder zusammensetzen konnte. So viele Scherben bohrten sich in die frische Wunde ihres Herzens. Wie konnte er nur?

Sie setzte den Blinker. Für wen eigentlich? Es war außer ihr niemand um diese Uhrzeit unterwegs.

Sam lenkte den Wagen vor den Eingang des hell erleuchteten Geschäfts und drehte den Zündschlüssel herum. Stille umgab sie. Kein Radio oder geschäftiges Treiben, wie es sonst hier tagsüber üblich war.

Sie tastete nach ihrem Mund-Nasen-Schutz und ihrem Handy. Alles, was sie heute zum Einkaufen benötigte. Ihr Portemonnaie hatte sie schon lange nicht mehr gebraucht. Alles wurde über ihr Handy bezahlt. Lediglich ihr Bäcker um die Ecke bestand noch auf das greifbare Kleingeld. Nur Bares war Wahres.

Es dauerte einen Moment, bis sie die nächste Woge der Trauer überstand. Sie schwappte über Sam hinweg, riss sie mit der Brandung in die Tiefe. Sturzbäche liefen ihr aus Augen und Nase.

Sie legte den Kopf zurück, schloss die Augen und zählte bis zehn. Noch schnell die Nase schnauben und los. Sie schob sich die Maske über und stieg aus.

Das grelle Licht blendete ihre empfindlichen Augen, ließ den Kopfschmerz deutlicher hervortreten. Ihre Augen brannten. Sie kniff sie zu und atmete tief aus. Also los. Du schaffst das!

Sie betrat den Laden und steuerte an den hüfthohen Regalen vorbei in Richtung Kühlregal. Schnappte sich irgendeine Wasserflasche und weiter zum Tresen. Eine rundliche, freundlich wirkende Frau saß gemütlich hinter dem Tresen und beäugte sie.

»Mädel, alles okay mit dir? Ich habe dich im Wagen gesehen und dir die Ladentür aufgemacht.«

Sam blieb wie angewurzelt stehen. Stimmte ja, eigentlich hätte sie zum Nachtschalter gemusst um diese Zeit. Ihre Füße boykottierten den Dienst. Tränen schossen ihr hoch und benetzten die inzwischen feuchte Maske.

Nichts war okay. Überhaupt nichts. Doch kam ihr kein einziger Laut über die Lippen. Ihr Mund war wie zugekleistert.

Sam sah auf die Backwaren, die einladend im Glastresen drapiert lagen. Sie schaffte es nicht, den Blick auf die Kassiererin zu richten. Stattdessen starrte sie zwei Meter vor der Kasse auf die Auslagen und weinte. Diese blöden Tränen wollten einfach nicht aufhören, aus ihr herauszulaufen. Ihr Damm war gebrochen. Und ihr Herz war es auch.

Ein Zittern ergriff Sam. Schüttelte sie durch Mark und Bein. Es kostete sie alle verbliebene Kraft, nicht auf der Stelle zu Boden zu gehen und sich zusammenzurollen wie ein kleines Kind.

Reiß dich zusammen. Komm schon!

»Du siehst aus, als könntest du einen Kaffee vertragen, Herzchen. Komm, setz dich.«

Die mitfühlende Bedienstete wies auf den Barhocker und den Stehtisch gleich neben Sam.

»Ich gebe dir einen aus. Du kannst ihn besser gebrauchen als ich. Was trinkst du am liebsten?«

Sam war gerührt von der unerwarteten Fürsorge der ihr völlig fremden Frau. Sah sie wirklich so erbärmlich aus? Die nächste Flut an Tränen rann ihr das Gesicht hinunter, sammelte sich an ihrem Mundwinkel und schob sich weiter hinein. Salz drang durch ihre Lippen und erreichte die Geschmacksnerven.

»Ich.« Sam versagte die Stimme. Sie räusperte sich und unternahm einen weiteren Versuch. »Danke. Ein Cappuccino wäre toll. Aber ich kann ihn auch bezahlen.«

»Ach papperlapapp«, kam die resolute Stimme ihr entgegen. »Ich biete ihn dir an. Es ist ein Geschenk. Meinen Freikaffee habe ich in dieser Schicht nicht gebraucht. Es tut also niemandem weh, wenn du ihn stattdessen bekommst. Und ich werde das Gefühl nicht los, dass er dir mehr nützen wird.«

Noch ehe Sam Widerspruch einlegen konnte, drehte die Frau sich zum Kaffeeautomaten um und schob einen Becher in das Ausgabefach.

»Geht aufs Haus. Wir Frauen müssen zusammenhalten. Und wenn ich es dürfte, würde ich dich auch in den Arm nehmen. Herzchen, was immer passiert ist. Alles wird wieder gut. Du wirst sehen.«

Sam konnte nicht anders. Diesmal liefen ihr Tränen der Dankbarkeit über die Wangen. Damit hatte sie nicht gerechnet. »Ich weiß gar nicht, wie ich Ihnen dafür danken soll. Das ist wirklich lieb von Ihnen.«

Die Kassiererin winkte lächelnd ab und stellte den Becher vor Sam auf dem Tresen ab. Sam sah sie an und blickte in warmherzige Augen, die ihr Halt und Trost spendeten.

Ihre Heldin des Tages.

»Das werde ich Ihnen nicht vergessen. Dankeschön.« Sam lächelte in ihre Maske hinein. »Aber das Wasser geht auf meine Kappe.« Sie zückte ihr Handy und hielt es vor das Kartenlesegerät.

ZEHN

Zwanzig Minuten und viele benutzte Taschentücher in ihrem Wagen verstreut später machte Sam sich auf den Weg. In weiser Voraussicht hatte ihre beste Freundin ihr den Wohnungsschlüssel in den Briefkasten gesteckt, damit Sam eine Bleibe hatte, sollte es zum Bruch zwischen ihr und ihrem Freund kommen.

Ihre Freundin war auf Verwandtschaftsbesuch verreist und bot ihr an, sich bei ihr auszubreiten, bis Sam ein neues Zuhause gefunden hätte. Sam war ihr unendlich dankbar für die Zufluchtsstätte.

Wenige Minuten später schloss sie die Haustür ihrer Freundin auf und legte die Tasche auf die Couch. Die war frisch mit Bettzeug belegt. Sie brauchte nur noch ins Kissen fallen und schlafen.

Zu dumm, der Cappuccino in ihren Adern war anderer Auffassung. Kaum lag sie in ihrem provisorischen Nachtlager, starrte sie die Wohnzimmerdecke an. Die Kopfschmerztabletten verrichteten ihren Dienst und befreiten Sam von ihren Schmerzen.

Zeit, sich Gedanken über die Zukunft zu machen.

Sie griff nach ihrem Handy. Eine Wohnung zu finden, wäre schon mal ein Anfang. Damit konnte sie sich beschäftigen, bis genug Müdigkeit in ihre Glieder fuhr, um den Absprung ins Traumland zu wagen.

In den üblichen Apps ließ sich die gewünschte Umkreissuche nicht so genau einstellen, wie sie es gerne wollte. Die Suchergebnisse waren ernüchternd.

Sam überlegte und begann zu schreiben.

Umgängliche, voll berufstätige und aktive Feuerwehrfrau sucht eine neue Bleibe im direkten Umkreis zur Feuerwehrwache. Keine Haustiere im Gepäck. Ich freue mich über jedes Angebot.

Sie stellte ihre Suchanzeige online und ergänzte Name und Handynummer für Kontaktaufnahmen interessierter Immobilienbesitzer.

Schauen wir mal, ob das was bringt.

Sie startete ihr Hörspiel, setzte den Sleep-Timer und stellte den Wecker. Das Handy legte sie auf den Couchtisch neben den Melder. Es wirkte so fremd, nicht in ihrem eigenen Bett schlafen zu gehen. Aus dem gewohnten Umfeld gerissen zu sein.

In ihren Träumen drangen immer wieder Gesprächsfetzen an ihr Ohr. Worte des Zorns. Ihre eigenen. Sie drehte sich und stöhnte im Schlaf. Durchlitt den Abend von Neuem.

Schweißgebadet schreckte sie hoch. Wo war sie? Sie lag nicht in ihrem Bett. Dann kamen die Erinnerungen an die Oberfläche ihres Bewusstseins und sie beruhigte sich wieder. Ach ja, da war ja was.

Sie drehte sich zur Seite, versuchte wieder einzuschlafen. Ohne Erfolg. Sie wälzte sich umher, boxte ins Kissen und schloss die Augen. Nichts. Ach Mist. Es nützte nichts. Sie war wach. Ein Blick auf die Uhr verriet ihr, dass ein erneuter Schlafversuch sinnlos sei. In zwanzig Minuten klingelte der Wecker. Also konnte sie auch gleich aufstehen und sich zurechtmachen.

Eine ausgiebige, heiße Dusche und einen Pott Kaffee später war sie startklar für den nächsten Arbeitstag. Gedankenverloren räumte sie alles weg, legte das Bettzeug zusammen und verließ die Wohnung. Auf geht's.

Nach Feierabend war sie beinahe versucht, in ihr altes Zuhause zu fahren. Im letzten Moment, bevor sie die Straßeneinmündung zur Adresse ihrer Freundin verpasste, lenkte sie ihren Wagen rum. Konzentration, junge Dame.

Sie erreichte den Stellplatz zur Wohnung ihrer Freundin und schaltete den Wagen aus. Bei der Arbeit war alles wie immer gewesen. Und trotzdem völlig anders. Ihr Gedankenumfeld strukturierte sich neu, der feste Untergrund bekam neue Formen. Routinen im Kopf bekamen neue Wegweiser. Sie war ihrem festgefahrenen Leben entkommen. Wo würde ihr Weg hinführen?

Eine Vibration in ihrer Handtasche und an ihrem Armgelenk kündigte einen Anrufer an. Sie sah aufs Display. Eine ihr unbekannte Nummer, war aber aus der Gegend.

Sie nahm das Gespräch an.

»Guten Abend, mein Name ist Schmidt«, begrüßte sie eine älter wirkende Frauenstimme. »Mein Mann und ich haben Ihr Gesuch im Internet gesehen und wir dachten uns, wir könnten Ihnen helfen. Mein Mann und ich, wir sind große Bewunderer Ihrer Feuerwehrarbeit und haben unser Haus direkt an der Wache. Wenn Sie in die Dreißigerzone einbiegen, steht es gleich vor der Feuerwehrauffahrt. Einen noch kürzeren Weg können Sie, denken wir, nicht bekommen. Unser Heim ist so groß und wir schaffen es einfach nicht mehr, die Treppen zu steigen. Daher würden wir Ihnen gerne anbieten, das obere Stockwerk zu mieten. Mein Mann hat Freunde bei Ihnen in der Ehrenabteilung und er sagte, Ihr Leumund sei ausgezeichnet. Was meinen Sie, meine Liebe, haben Sie Interesse an einem Kennenlernen?«

Sam war sprachlos. Sollte das wirklich wahr sein? Wenn es das Grundstück war, das sie vermutete, Himmel, dann könnte sie über den Zaun hüpfen und wäre sofort an der Wache. Noch näher ging es nun wirklich nicht.

»Ja, sehr gerne. Das klingt großartig. Wann hätten Sie denn Zeit?«

»Na, wie wäre es mit jetzt gleich?«

ELF

Einen Monat später war die neue Wohnung bezugsfertig und Sam hatte alle Sachen aus der alten Bleibe rausgeschafft. Sie war endlich im Dachgeschoss der Eheleute Schmidt eingezogen.

Ein sehr sympathisches Paar. Trotz ihres hohen Alters noch topfit im Oberstübchen.

Sam war ihnen im Haushalt und im Garten behilflich und zahlte dafür nur eine kleine Miete. So konnte sie sparen und sich später vielleicht ein eigenes Haus anschaffen. Eine perfekte Lösung für alle Beteiligten.

Die Aufregung der vergangenen Tage ließ nach. Langsam kehrte Ruhe in Sams Alltag ein und ihre Gedanken kehrten zurück.

Zu ihm. Er verfolgte sie. Noch immer. Sie wurde ihn aus ihren Gedanken nicht los.

Den ganzen Tag konnte sie an nichts anderes denken als an seine aufregenden, wunderschönen Augen.

Die wichtigste Filiale, so nannten sie die Kaffeemaschine in der Firma, verrichtete unbeachtet ihren Dienst. Das schwarze Lebenselixier floss in ihren Kaffeebecher.

Sam stand davor und starrte ins Nichts. Die Szenerie des sich ständig wiederholenden Traumes lief wie ein Film vor ihrem geistigen Auge ab und jedes Mal, wenn sie bis zu der Stelle kam, an dem er sie voller Leidenschaft küsste, begann der Film von Neuem.

Der Einsatz, der Waschraum, der Aufprall, die Duschkabine und dann seine Lippen auf ihren. Ihre Körper fest ineinander verschlungen.

Sam fluchte leise.

Kaffeeduft stieg ihr in die Nase. Sie griff nach dem Becher und schenkte sich einen Schuss Milch dazu. Es wurde Zeit, dass sie ihre Aufmerksamkeit wieder ihrer Arbeit widmete. Schließlich bezahlte ihr Arbeitgeber sie nicht fürs Träumen.

Die Zeit dehnte sich wie ein Kaugummi. Sie sah auf die Uhr. Noch sechs Stunden, bevor sie hier raus durfte. Warum waren freie Tage immer im Tiefflug an ihr vorbeigezogen und Arbeitstage zogen sich in die Länge? Eine komische Sache, das mit dem Zeitempfinden.

Sie richtete ihre Aufmerksamkeit auf ihre Fälle und tauchte darin ein. Steuerunterlagen. Für die meisten Menschen ein Grund, die Flucht zu ergreifen, für Sam war es ihr Traumberuf. Je komplexer das Thema, desto interessanter wurde es.

Sie öffnete die Ärmelknöpfe ihrer Bluse und schlug beide Seiten bis zur Armbeuge auf. Ran ans Werk!

Acht Stunden später drückte sie auf den Knopf des Monitors und stand von ihrem Schreibtisch auf. Genug Überstunden für heute. Ein weiterer Tag, an dem die Welt gerettet wurde. Na ja, nicht wirklich, aber für das eine oder andere Bankkonto ihrer Klienten war es mit Sicherheit ein Rettungsring.

Sie rieb sich über die Stirn. Erschöpfung meldete sich in ihren Gliedern. Es wurde Zeit für die Couch.

Kaum war sie aus dem Gebäude getreten, vibrierte ihr Handy. Ein Anruf. Ohne Nummernübermittlung. Wer das wohl sein könnte? Heutzutage war es nicht mehr üblich, die Nummer zu unterdrücken.

Na, dann schauen wir mal, wer so *old school* drauf war. Oder welche Firma hier Kaltakquise betrieb.

Sie nahm das Gespräch an.

»Hey, mein Schatz, störe ich dich bei der Arbeit?«, erklang die warme und gutherzige Stimme ihrer Mutter aus dem Hörer.

»Ach, du bist es.« Sam lachte leise. »Warum hast du deine Nummer unterdrückt?«

»Ich möchte nicht, dass meine Chefin meine neue Nummer kennt. Ich weiß, es ist albern, aber meine Privatnummer ist mir nun mal heilig.«

Sam konnte förmlich sehen, wie sich das Kinn ihrer Mutter nach oben reckte. Sie konnte über so manche Eigenart ihrer Mutter nur schmunzeln und lächelte versonnen. Jedem das Seine.

Sie stellte ihr Gespräch auf »frei sprechen«, als sie in den Wagen stieg und den Motor anließ.

Es tat gut, mit ihrer Mutter zu sprechen. Der Kontakt war die vergangenen Jahre viel zu knapp bemessen gewesen. Was auch Sams Verschulden war, räumte sie ein. Ihre Mutter verzieh ihr und war sichtlich bemüht, die Beziehung zu ihrer Tochter wieder zu intensivieren. Es gefiel Sam, Familie war schließlich wichtig.

Den ganzen Heimweg plauderten sie ausgelassen, besprachen das nächste Familientreffen und erzählten sich von ihren Arbeitstagen.

ZWÖLF

Zum Ende des Gespräches drückte Sam auf den roten Knopf im Display. Sie war angekommen, blieb aber noch im Wagen sitzen. Sie schloss die Augen und dachte an den letzten Einsatz mit ihm zurück.

Es war wie sonst auch gewesen. Fehlalarm eines Heimrauchmelders. Neu war der Moment nach dem *Absitzen*.

Sam blieb auf dem Fahrzeug sitzen. Sie hatte genug davon, vor ihm davonzulaufen. Er verharrte mit ihr auf dem HLF. So lange, bis sie allein waren. Sams Puls beschleunigte sich mit jeder Sekunde, die verstrich.

»Hast du vielleicht irgendwann mal Lust auf einen Kaffee mit mir?« Er sah sie an, in angespannter Haltung rührte er sich keinen Millimeter. Sam musste ein Lächeln unterdrücken.

Im Ernst?

Skeptisch fragte sie: »Ich denke, du hast eine Freundin. Ich kann mir nicht vorstellen, dass sie sonderlich begeistert wäre, wenn du dich mit einer Anderen zum Kaffee triffst.«

Sie hielt den Atem an.

»Das ist kein Problem. Ich habe keine Freundin mehr. Vor vier Monaten ging es in die Brüche. Sie hatte einen anderen gefunden.«

»Oh, das tut mir leid.«

Lügnerin.

»Ja, dann sehr gerne. Sag Bescheid, wann es bei dir passt.«

Sie konnte ihr verlegenes Grinsen nicht mehr unterdrücken. »Meine Handynummer hast du?«

Er nickte und schenkte ihr ein umwerfendes Lächeln. Zum Niederknien. War das süß von ihm.

Noch bevor sie den Haustürschlüssel aus der Jackentasche ziehen konnte, rappelte der Melder an ihrem Gürtel. Sam war nach dem langen Tag im Büro ehrlich versucht, zur Abwechslung das kleine Teil in die Ecke zu schleudern, konnte es mit ihrem Gewissen jedoch nicht vereinbaren.

Gerade jetzt brauchte jemand Hilfe. Denk nicht nur an dich selbst, ermahnte sie sich.

Da sie bereits kurz vor der Haustür stand, konnte sie ohne große Eile über den Parkplatz laufen. Sie würde die Erste an der Wache sein. Wie es seit ihrem Umzug immer war.

Sie kam an der Hintertür an und hörte das Quietschen von Reifen schräg hinter sich. Da war aber jemand von der ganz eiligen Sorte dabei.

Sam blieb gelassen. Täglich grüßte das Murmeltier.

Rein ins Gebäude, Desinfektion, Klamotten an, Maske auf und in die Fahrzeughalle. Das HLF stand da. Wie immer. Es dauerte keine zwei Minuten, bis die erforderliche Mannschaftsstärke anwesend war.

In Gedanken war Sam bereits beim Abendessen. Was sie sich wohl gleich machen würde? Worauf hatte sie Lust? Es tat ihr gut, sich selbst wiederzufinden. Nicht mehr auf Launen anderer Rücksicht nehmen zu müssen. Sie begann wieder, sich selbst zu entdecken. Wer hätte das gedacht? Das nervöse Treiben um sie herum blendete sie aus. War eh nie was Schlimmes.

Sie kletterte ins HLF.

»Was haben wir?«

Alle starrten sie an.

»Guten Morgen, Sonnenschein, hast du mal rausgesehen? Alarm-stufe: Schlimm 7. Wir haben Anfahrt auf Sicht.«

Sam stutzte. Und sah raus.

Eine riesige, schwarze Wolke erhob sich von Weitem.

ACH. DU. HEILIGER. BIMBAM.

»Alle ausrüsten! Das wird eine lange Nacht werden«, kam es vom Gruppenführer nach hinten gerufen.

Das HLF setzte sich in Bewegung, Blaulicht und Martinshorn auf Anschlag. Sämtliche Tore der Wache öffneten sich und ein Meer aus Lichtern und ein Crescendo an Hörnern erklang.

Während sich Sam und ihre Kameraden ausrüsteten, das Atemschutz-überwachungstafel vorbereiteten und ihre Namensschilder truppweise anhefteten, kam die erste Lagemeldung der Leitstelle über Funk:

Starke Rauchentwicklung im Industriekomplex. Die oberen Ebenen wurden zu Wohnungen ausgebaut. Personen befinden sich noch im Ge-bäude.

Sams Puls raste. Endlich konnte sie ihrer Bestimmung folgen. Le-ben retten.

Sie prüfte ihren Druck und das Funkgerät. Ihr Truppmann schnappte sich die Wärmebildkamera und schnallte sie an seine Ein-satzschutzjacke.

Kaum stand das Fahrzeug am Einsatzort, wurde es hektisch. Lei-tungen wurden aufgebaut zur Wasserversorgung, Schleifkorbtrage und Atemschutznotfalltasche wurden vom Auto gezogen.

Sam schnappte sich das *Halligan-Tool*. Ein Hebel- und Brechwerk-zeug, bestehend aus Klinge, Dorn und Kuhfuß. Ihr zweiter Griff führte zum *TNT-Tool*, einer Axt mit Einreißhaken am anderen Ende des Stiels. Ihr Truppmann baute in der Zeit ihre Wasserversorgung mit einer ordentlichen Extraportion Schlauchleitung fürs erste Rohr am Wasserverteiler auf.

»Wasser marsch bis zum Verteiler!«

Sie waren bereit.

Es vergingen unerträgliche Sekunden, bis ihr Gruppenführer von der Lageerkundung zurückkam. Er erklärte kurz die bestehende Situation und erteilte der Mannschaft Befehle.

Sam und ihr Truppmann, die als Angriffstrupp vor Ort waren, wurden zur Personenrettung abgestellt. Wie viele Menschen sich noch im Gebäude befanden, war nicht bestätigt worden. Aus weiter Ferne hörten sie Hilferufe aus den oberen Stockwerken.

Es musste schnell gehen. Den Anwohnern zufolge wurden hier nicht gekennzeichnete Tanks mit fremden Substanzen gelagert. Es gäbe also eine unbekannte Gefahrenquelle im Gebäude.

Sam stand unter Hochspannung.

Wasser war aufgedreht, das Schlauchpaket war klar.

Los ging es. Sie liefen rein.

Bis zur Rauchgrenze konnten sie laufen. Bei der Flurtür im ersten Stock war Schluss.

Rauchwolken drangen in den Flur und erschwerten die Sicht.

»Hier ist die Feuerwehr. Melden Sie sich!« Sam rief so laut sie konnte und lauschte. Den Sichtverhältnissen angepasst bewegten sie sich vorsichtig weiter vorwärts.

Tür um Tür traten oder brachen sie auf. Billiges Pressspanholz, es ging also schnell voran.

Der erste Stock war fertig. Keine Person zu finden. Sie durchsuchten jeden Raum, sahen in jede Ecke. Unter die Betten, in die Kleiderschränke. Nichts.

»Angriffstrupp Anton für Gruppenführer 48-1, kommen.« Es knackte in der Leitung.

Das Gebäude war als Industriehalle erbaut worden. Dicke Wände und jede Menge Stahl umgaben sie.

Verdammt.

Sie brauchten hier drin einen Repeater, der das Funksignal verstärkte.

»Hier Gruppenführer 48-1.«

Sam ermahnte sich, nach dem Drücken des Sprechknopfes einen Moment innezuhalten. Sonst kam nur die Hälfte ihres Satzes unten an.

»Das erste OG ist sauber. Keine Personen gefunden. Wir bewegen uns jetzt über die hintere Treppe in den zweiten Stock. Fahren mit der Suche fort.«

»Ja, ist verstanden.«

Okay, weiter ging es nach oben. Sie erreichten den zweiten Stock. Kaum waren sie um die erste Ecke nach der Treppenhaustür rum, sah Sam einen Mann zusammengekauert sitzen. In seinen Armen lag eine reglose Frau.

Mist.

»Angriffstrupp Anton für Gruppenführer 48-1.« Sam drehte sich zu ihrem Truppmann um.

Er nickte, noch ehe sie ein Wort sagen konnte, hatte er verstanden. Er kam zu ihr und ging zu dem Paar in der Ecke. Sie mussten hier raus.

»Hier Gruppenführer 48-1.«

»Wir haben zwei Personen gefunden, eine ist bei unklarer Bewusstlosigkeit. Wir streifen beiden die Fluchthauben über und kommen runter. Der Rettungsdienst soll sich bereithalten.«

Der Mann sah sie panisch an. Dann sah er zu seiner Frau.

»Es wird alles gut. Wir holen Sie hier raus.« Ihr Truppmann nahm die Frau in die Arme und manövrierte beide durch den Flur ins Treppenhaus. Der Mann wurde immer unruhiger. Sam war sich nicht sicher, ob er Angst vor der Haube hatte oder um seine Frau besorgt war.

Panik verleitete oft rational logisch denkende Menschen zu ungewöhnlichen Reaktionen in Ausnahmesituationen.

Der Sicherungstrupp kam ihnen im Treppenhaus entgegen und übernahm das Paar. Noch wenige Schritte und sie waren draußen.

»Meine Tochter«, stammelte der Mann.

Sam glaubte sich verhört zu haben.

»Wie bitte?«

Er versuchte es ohne Haube erneut.

»Meine Tochter ist noch da oben. Ganz hinten, linkes Zimmer.«

Sam lief die Zornesröte ins Gesicht. Herrgott! Hätte er das nicht gleich sagen können? Sie hatte die Hände frei gehabt. Verflixt.

»Wir gehen wieder rein!« Mit einem Daumen hoch signalisierte ihr Gruppenführer seine Zustimmung.

»Behaltet euren Druck im Auge.«

Sam sah auf die Anzeige ihrer Flasche. Noch 150 Bar. Erstaunlich gut in Anbetracht der Anstrengungen.

Das Feuer machte keine Anstalten, klein beizugeben.

Besorgt beobachtete Sam die dichter werdende Suppe und legte noch einen Zahn zu. Der zweite Stock war schnell erreicht. Ihr Partner gleich dicht hinter ihr.

»Halt uns den Rückweg frei. Ich hole das Mädchen.«

Er wackelte mit dem Helm: Ja, okay.

Sam blickte den schlauchförmigen Raum entlang. Im Zimmer gleich neben ihr hatte sie klare Sicht aufs Fenster. Schwere Eisengitter versperrten den freien Blick auf die Felder außerhalb.

Kein schöner Ausblick. Da fühlt man sich ja wie im Knast.

Noch drei Schritte bis zum Zimmer. Die Tür war geschlossen. Was dem Kind vermutlich die Gesundheit rettete in Anbetracht der zwischenzeitlichen Rauchentwicklung. Ein kleiner leuchtender Aufkleber befand sich mittig im unteren Drittel der Tür. Kinderzimmer. Gut gemacht, lobte Sam die Eltern in Gedanken. Sie griff nach der Türklinke.

Im nächsten Moment ertönte ein ohrenbetäubender Knall. Die Wände wackelten. Eine laute Explosion zerriss die Böden und Wände. Sam fluchte lauthals.

Es krachte und splitterte hinter ihr. Noch während sie die Zimmertür aufstieß, drehte sie sich um ihre eigene Achse.

Dort, wo eben noch Laminat den Boden bedeckt hatte, klaffte ein gewaltiges Loch. *Shit!*

Eine riesige Schuttwolke behinderte Sam die Sicht auf ihren Partner. Sie konnte ihn nirgends ausmachen.

Doch. Da.

Sein Bewegungslos-Melder sprang an, kreischte ihr anklagend in den Ohren. Er rührte sich nicht.

Sam fluchte erneut.

Sie kam von ihrer Position aus unmöglich an ihn heran. Der Helm war noch intakt, wie es auf den ersten Blick schien, und das Atemschutzgerät auf seinem Rücken hatte das Gröbste an herunterkommenden Teilen abgefangen.

Sie drehte sich ins Zimmer, suchte nach einem anderen Fluchtweg.

Da saß sie. Lange blonde Locken, hellblaue, verweinte Kulleraugen, die Sam bis tief ins Herz anflehten, sie zu beschützen. Auf den Knien kauernd, inmitten ihres Spielzimmers.

Oh verdammt.

Nach einer gefühlten Ewigkeit spürte Sam aus weiter Ferne, wie sie von mehreren starken Händen angehoben wurde. Ihre Gedanken nicht greifbar. Stimmen kamen hektisch an ihr Ohr.

»Sam, oh mein Gott – SAM!«

Danach – nichts mehr.

Ihr Geist driftete zurück in tiefe Nacht und ihr Körper wurde schwerelos.

DREIZEHN

H ör zu, wir müssen reden.« Noch ehe Sam etwas sagen konnte, platzten die Worte aus dem Mund ihres baldigen Ex-Freundes. Ja, das sah sie haargenau so. Nun gut. Da waren sie sich beide einig. Guter Anfang. So viele Plateauebenen schaffen wie möglich. Das verschaffte dem Gesprächsklima einen festeren Stand.

»Es gibt da etwas, das du nicht weißt, und es wird Zeit, dass du es erfährst. Ich habe bereits zu lange geschwiegen.«

Oha. Unbehagen schnürte Sam die Kehle zu. Was kam jetzt?

»Lass uns hinsetzen. Ich möchte das nicht zwischen Tür und Angel mit dir besprechen.«

Sam nickte stumm, ergriff ihre Kaffeetasse und folgte ihm ins Wohnzimmer. Er kam ihr jetzt schon wie ein Fremder vor. Sie betrachtete seinen Rücken und überlegte, was in seinem Kopf vor sich ging.

Sie drückte die warme Tasse enger an ihre Brust. Sie brauchte etwas, woran sie sich festhalten konnte.

An ihm sicher nicht mehr. So viel wurde zwischen seinen Zeilen und an seiner Haltung bereits deutlich. Auch seine Mimik hatte sich verändert. Nicht mehr streitlustig oder von Abwesenheit getrieben. Er war gespenstisch gefasst, präsent und ruhig. Als ob er ihr die Nachricht über einen tragischen Verlust übermitteln musste.

Ja, dachte Sam, den Tod ihrer Beziehung.

Sie setzten sich einander gegenüber im Wohnzimmer hin. Der Couchtisch zwischen ihnen.

Eine Barriere, kam Sam der Gedanke. Ein Schutzwall. Wovor? Ihm sollte doch ebenfalls inzwischen klar sein, dass auch sie dem Ende entgegensehnte. Also, wovor musste er sich verstecken?

Es half nichts. Nur wer den Mund aufmachte, dem konnte geholfen werden.

Sam räusperte sich. »Also dann, fang an.« Sie war selbst überrascht, wie ruhig sie klang.

Er lehnte sich vor, mit den Ellenbogen auf den Knien, und hielt den Blick auf den Couchtisch gesenkt. Er konnte ihr nicht in die Augen sehen, dachte Sam. Ihre Finger schlossen sich fester um ihre Tasse. Er atmete laut aus.

»Ich habe mich vor vier Jahren sterilisieren lassen.«

Bubum. Bubum. BUBUM.

Sams Herz donnerte in ihrem Brustkorb, als seine Worte ihren Gehörgang durchliefen und zu einem verständlichen Satz mutierten. Sam fiel alles aus dem Gesicht. Ihre Gesichtszüge entgleisten. Warte. WAS? Ihr Herz wummerte so laut, dass ihre Nachbarn es hören mussten. Sams Blickfeld verengte sich. Atmen. Ein. Aus.

»Du hast WAS getan?«

Sie hatte ihm in ihrer Kennenlernphase ganz klipp und klar gesagt, dass sie einen Kinderwunsch hatte, betont, dass sie für Experimente keine Zeit mehr hatte. Er hatte ihr den gleichen Wunsch vorgegaukelt. *Alles Lügen.*

Er hatte sie ihrer kostbarsten Jahre beraubt. WARUM?

»Warum hast du das getan?« Sam kamen erstickte Schluchzlaute hoch. »Sag es mir. War ich nicht gut genug für dich?« Sie spie den letzten Satz förmlich heraus.

Am liebsten hätte sie ihm die verfluchte Tasse an den Kopf geworfen. Aber dann hätte sie nichts mehr, woran sie sich klammern konnte.

Er ließ den Kopf tief zwischen den Knien hängen. Sein Rücken bebte. Leise Schluchzer entrangen sich seiner Kehle. »Es tut mir leid.«

Sam konnte nicht mehr. Ihr Körper sog immer mehr Luft ein. Gleich würde sie hyperventilieren.

»Warum hast du das getan?«, schrie Sam inzwischen. Ihr war es völlig egal, ob die Nachbarn mithören konnten. Zorneswut schoss durch ihre Adern. Sie wollte ihm am liebsten den Hals umdrehen.

Es dauerte eine gefühlte Ewigkeit, bis er zu einer Antwort ansetzte: »Ich habe es mir nicht mehr zugetraut. Ich fühle mich zu alt, um noch ein Kind großzuziehen. Und ich wusste, ich würde dich verlieren, wenn ich es dir sage.«

Der Treffer saß. Sam spürte, wie ihre Wut implodierte. In der gleichen Sekunde gefror ihr Herz und zersprang in tausend Splitter.

Aus und vorbei.

Er hatte sie betrogen. Auf die schlimmste Art und Weise. Nicht mit einer anderen Frau, sondern mit ihrem Wunsch nach einer Nachkommenschaft. Wie konnte er ihr das nur antun?

Der Schleier lüftete sich um ihre Fragen und Zweifel. All die Selbstvorwürfe, die Fragen nach dem Warum. Seine Launen, die Streitlust. All das, weil er dieses schreckliche Geheimnis mit sich herumgetragen hatte.

Und er hatte ihr all die Jahre über ins Gesicht gelogen.

Sam stand auf. Zu keinem Wort mehr fähig. Sie ging ins Schlafzimmer und holte ihre Reisetasche aus dem Kleiderschrank. Tränen rannen ihr übers Gesicht.

Ihr Herz zu Stein erstarrt.

Taub vom Schock der Erkenntnis griff sie wahllos in die Schubladen ihrer Kommoden und warf Wäsche aufs Bett. Im Badezimmer griff sie nach ihrem Kulturbeutel und schleuderte ihre Sachen hinein. Als die Tasche voll war, ging sie in die Küche, legte ihre Handtasche um und verließ wortlos die Wohnung.

Alles war umsonst. Aus der Traum von einem Kind, einer glücklichen Familie.

EPILOG

Es piepte.

Aus weiter Ferne hörte Sam ein endlos nervendes, sich ständig wiederholendes Signal. Sie trieb tief in ihrem Traum versunken. Dumpfe Töne um sie herum. Schon wieder dieses Geräusch. Konnte nicht jemand diesen Lärm abstellen?

Plötzlich sah sie eine Bustür. Sam war in einem Reisebus.

Ganz allein.

Wo war der Fahrer? Und die anderen Reisegäste?

Wieder dieses Piepen.

Die Bustür ging auf. Und nach kurzer Zeit wieder zu.

Etwas vibrierte in ihrer Jackentasche. Ihr Handy? Sie nahm es heraus. Das war nicht ihr Gerät. Sie blickte auf die erste Sitzreihe. Da lagen noch mehr Handys. *Merkwürdig.* Auf jedem Sitz ein Gerät. Eines davon leuchtete im Display auf. Sie konnte nicht erkennen, weswegen.

Wieder öffnete sich die Tür.

Sie sah vorsichtig nach draußen.

Da war – *nichts.*

Tiefe Dunkelheit umhüllte den Bus. Sie konnte nicht erkennen, was sich außerhalb befand.

»Hab keine Angst.«

Sam riss den Kopf herum, in die Richtung, aus der die Mädchenstimme kam.

Aber da war niemand.

Sam runzelte die Stirn.

Was war hier los? Wo war sie?

»Es wird alles gut.«

Dieses Mal erklang die Stimme von der anderen Seite der Sitzreihe.

Die Bustür zischte und öffnete sich erneut.

Kann bitte jemand mal den Fahrer holen? Dachte Sam gereizt.

Die Elektronik spielte verrückt. Sam war langsam, aber sicher genervt.

Was sollte das?

In weiter Ferne bildete sich ein Lichtstrahl, der die Schwärze zu teilen begann. Sam konnte ihn durch die riesige Frontscheibe des Busses sehen. Der Schein war wunderbar warm und weich. Er strahlte eine tiefe Ruhe und Geborgenheit aus. Samtweich liebkoste er ihre Sinne.

»*Nein!*«

Sam erschrak.

»Du darfst da nicht hin! Es ist noch nicht soweit. Du bist noch nicht fertig hier. Warte!«

Sam öffnete die Augen. Und presste sie wieder zu. Himmel, brannten sie.

Wer hatte das Licht eingeschaltet?

Benommen blinzelte sie und versuchte sich im Raum zu orientieren.

Wo zum Geier war sie?

Sie hob ihren linken Arm. Ein leichter Widerstand ließ sie innehalten. Eine Kanüle?

Jetzt wurden ihre Umgebungsgeräusche deutlicher. Sie blinzelte erneut und betrachtete einen Monitor neben ihrem Bett.

Ihr Herzschlag zeichnete sich in rhythmischen Linien ab. Ganz so, wie es aussehen sollte, dachte sie versonnen.

Okay, noch mal zum Mitschreiben.

Wo zum Henker war sie?

Offensichtlich in einem Krankenzimmer, so viel konnte sie sich schon mal zusammenreimen. Blieb nur die Frage nach dem Warum. Erinnerungsfetzen schoben sich in ihr Bewusstsein. Die Fahrt im HLF. Seine Augen. Ihr Herzschlag beschleunigte sich, was ihr das Piepen neben ihrem Ohr bestätigte.

Was war passiert? Sie musste sich anstrengen wach zu bleiben.

So müde.

Konzentriere dich, Mädchen! Komm schon! Streng deinen Grips an! Wo waren wir stehen geblieben?

Ach ja, der Einsatz.

Weitere Bilder blitzten auf. Rauch. Eine bewusstlose Frau und ein Mann. Ihr Truppmann. Bewusstlos am Boden. Ihr Puls beschleunigte. Piepende Warnsignale ertönten neben ihr. Erschrocken sah sie auf den Monitor.

Der Schleier der Erinnerung lüftete sich und eine Flut an Bildern schwappte über sie hinweg.

Oh Herr im Himmel. Das Kind! Ihr Partner! Hatten sie es überlebt? Es piepte und schrillte.

Die Tür flog auf und Menschen in weißen Kitteln stürmten herein.

»Sie ist aufgewacht.«

Mehr hörte Sam nicht mehr. Das war zu viel auf einmal. Dunkelheit umgab sie und zog sie mit sich fort.

»Keine Sorge, sie ist über dem Berg und wird es schaffen. Ihre Werte stabilisieren sich.«

Sam nahm die Worte aus weiter Ferne wahr. Mit wem redete der Arzt? Die Lider geschlossen haltend, lauschte sie dem Gespräch.

»Komm schon, Sam. Bleib bei uns. Es soll ein Happy End werden.«

Sie erkannte diese Stimme. Es war seine.

Ihr Puls beschleunigte.

Oh verdammt, dieser verflixte Monitor verriet sie, ohne mit der Wimper zu Zucken.

»Komm schon, bezaubernde Frau. Ich habe gemerkt, dass du wach bist. Zeit, mir deine schönen Augen zu zeigen.«

Beim Klang seiner flüsternden Stimme schlug ihr Herz erneut schneller. Das mit dem Pulsmessgerät war echt eine fiese Nummer.

Sie öffnete eines ihrer Augen einen Spalt weit und fing an zu grinsen.

»Bezaubernde Frau?« Ihre Kehle war staubtrocken. Als sie die Augen weiter öffnete, sah sie ihn. Er saß an ihrem Bett und beugte sich zu ihr vor.

»Aber ja, das bist du.« Ein Lächeln zeichnete sich in sein Gesicht. Sie würde nie genug davon bekommen. Dessen war sie sich gewiss.

Noch ehe sie etwas erwidern konnte, beugte er sich weiter vor und gab ihr einen unerträglich süßen, hauchzarten Kuss auf den Mund.

Ihr Monitor löste Alarm aus, was beide leise lachend quittierten. So viel zum Pokerface. Klappte nicht mit dem Lügendetektor an der Leine.

»Willkommen zurück unter den Lebenden«, hauchte er ihr dicht an ihre Lippen.

Fußgetrappel ertönte im Gang.

»Sam ist wach! Sie ist wach, sie ist WACH!«, sprudelten die Worte einer jungen Mädchenstimme im Flur.

Ein stürmischer, kleiner blonder Lockenkopf fegte um die Ecke, passierte im Tiefflug die Zimmertür, stürmte an ihr Bett und fiel Sam schnurstracks in die Arme.

-Ende-